백락천 시선집

白樂天詩選集

權寧漢 編譯

전원문화사

백락천(白樂天)

본명은 백거이(白居易, 772~846년)이고, 자(字)가 낙천(樂天)이다. 호는 향산거사(香山居士) 또는 취음선생(醉吟先生), 시호는 문(文)이며, 하남성(河南省) 사람이다.

중당시대에는 과거제도가 효과를 거두어 그 시험에 통과한 진사 출신의 신관료 집단이 진출하여 구문벌을 압도했는데, 백거이가 이 시기에 태어난 것은 그로서는 행운이었다.

백거이는 800년 29세 때 최연소로 진사에 급제했다. 이어서 서판발췌과(書判拔萃科)·재식겸무명어체용과(才識兼茂明於體用科)에 연속 합격했다. 그 재능을 인정받아 한림학사(翰林學士)·좌습유(左拾遺) 등의 좋은 직위에 발탁되었다.

당(唐) 제8대 황제인 대종(代宗)의 대력(大曆) 7년 1월 20일 정주(鄭州) 신정현(新鄭縣)에서, 아버지 백계경(白季庚)은 44세, 어머니 진씨(陳氏)가 18세 때 둘째 아들로 태어났는데, 형은 유문(幼文)이었고 뒤에 태어난 동생은 훗날 문학으로 이름이 알려진 행간(行簡)이다.

아버지는 관직이 낮은 하급관리로 전근이 잦아서 그의 출산은 아마도 조부 백굉(白鍠)의 집에서 태어난 것으로 짐작된다. 백굉도 현령(縣令)이 최고 벼슬인 중급관리에 불과했지만 오언시(五言詩)를 잘 지었으며 10권의 문집이 있었다 하고, 외조부 진윤(陳潤)은 전당시(全唐詩)에 팔

수(八首)의 시가 오를 정도로 시작(詩作)에 능했다고 하니, 그의 시인으로서의 재능은 이 두 사람으로부터 내려받은 타고난 소질이 아닌가 생각된다.

어려서 문자를 알고 글을 짓던 천재시인 백락천은 하남(河南)에 난리가 일어나자 가족과 이별하고 강남(江南)으로 갔다. 거기서 보낸 12, 13세 때의 고생이 그를 시인으로 만든 직접적인 동기가 되었다고나 할까.

808년 37세 되던 해에 부인 양씨(楊氏)와 결혼했다. 부인에 대한 그의 사랑은 매우 깊어서 당 현종과 양귀비의 사랑을 노래한 장편시 장한가(長恨歌)에는 부인에 대한 자신의 사랑이 잘 반영되어 있다.

811년 모친상을 지내기 위해 고향으로 돌아갔던 그는 814년 다시 장안(長安)으로 돌아왔으나 태자좌찬선대부(太子左贊善大夫)라는 한직밖에 얻지 못했으며, 그 이듬해에 발생한 재상 무원형(武元衡) 암살사건에 관하여 직언을 하다가 조정의 분노를 사 강주사마(江州司馬)로 좌천되었다.

이 사건은 백락천이 관계에 입문한 이래 처음 겪은 좌절이었으며, 또한 그의 시심(詩心)을 '한적'·'감상(感傷)'으로 향하게 한 계기가 되었다.

820년 헌종(憲宗)이 죽고 목종(穆宗)이 즉위하자 백거이(白居易)는 낭중(郎中)이 되어 다시 중앙으로 복귀했고, 이어 중서사인(中書舍人)의 직책에 올라 조칙(詔勅) 제작의 임무를 맡게 되었다. 그는 이 같은 천자의 배려에 감격하여 국가의 이념을 천명하는 데 전력했다.

그 후 항저우자사[杭州刺史]·쑤저우자사[蘇州刺史]를 역임했다. 낙양(洛陽)으로 돌아온 뒤에는 비서감(秘書監)·형부시랑(刑部侍郎)·하남윤(河南尹) 등의 고위직과 태자빈객분사(太子賓客分司)·태자소부분사(太子少傅分司)와 같은 경로직(敬老職)을 거쳤으며, 842년 형부상서(刑

部尙書)를 끝으로 관직에서 은퇴했다.

이같이 성실하고 신중한 태도로 인해 그는 정계의 격심한 당쟁에 휘말린 적이 없었으며 문학 창작을 삶의 보람으로 여겼다. 그가 지은 작품의 수는 대략 3,840편이라고 하는데, 문학 작가와 작품의 수가 크게 증가한 중당시대라 하더라도 이같이 많은 작품을 창작했다는 것은 놀라운 일이다.

또한 그는 훌륭한 친구를 많이 사귀었는데, 친구들과 서로 주고받은 시문에는 우정이 물씬 배어 있다.

일찍이 70세가 되면 죽는다고 생각하고 있던 그가 71세가 되었을 때 형부상서(刑部尙書)의 관직을 사퇴하고 은급으로 반봉(半俸)을 받아 유유자적한 생활을 하게 되었다. 74세에는 자택에서 칠로회(七老會)를 열고, 구로도(九老圖)를 그리게 하고 백씨문집(白氏文集) 75권을 완성하기도 했다.

그리고 다음 해인 무종(武宗) 회창(會昌) 6년 8월 75세로 불귀의 객이 되어 상서우복야(尙書右僕射)를 추증받았으며, 그 해 11월에 용문(龍門)에 매장되었다.

目 次

백락천(白樂天) · 3

제1장 多情多感(다정다감)

對酒(대주) 一 · 14
對酒(대주) 二 · 15
對酒(대주) 三 · 16
曲江早秋(곡강조추) · 19
暮江吟(모강음) · 21
暮立(모립) · 23
贈內(증내) · 24
初貶官過望秦嶺(초폄관과망진령) · 26
舟中讀元九詩(주중독원구시) · 27
王昭君(왕소군) 一 · 29
王昭君(왕소군) 二 · 30
燕子樓(연자루) 一 · 31
燕子樓(연자루) 二 · 32
燕子樓(연자루) 三 · 33
苦熱題恆寂師禪室(고열제긍적사선실) · 34
江南送北客因憑寄徐州兄弟書
(강남송북객인빙기서주형제서) · 35
議婚(의혼) · 36

渭上偶釣(위상우조) · 39
詠慵(영용) · 41
溪中早春(계중조춘) · 43
府西池(부서지) · 45
病中多雨逢寒食(병중다우봉한식) · 46
不出門(부출문) · 48
勸酒(권주) · 49
江樓夕望招客(강루석망초객) · 51
梨園弟子(이원제자) · 52

제2장 詩人(시인)의 情趣(정취)

賦得古原草送別(부득고원초송별) · 54
食後(식후) · 55
長安早春旅懷(장안조춘려회) · 56
放言(방언) 一 · 57
放言(방언) 二 · 59
放言(방언) 三 · 61
秋雨中贈元九(추우중증원구) · 62
首夏同諸校正遊開元觀因宿翫月
(수하동제교정유개원관인숙완월) · 63
三月三十日題慈恩寺(삼월삼십일제자은사) · 65
早春獨遊曲江(조춘독유곡강) · 66
西明寺牡丹花時憶元九(서명사모단화시억원구) · 68
送王十八歸山寄題仙遊寺(송왕십팔귀산기제선유사) · 70
天可度(천가도) · 71

讀鄧魴詩(독등방시) · 73
寄江南兄弟(기강남형제) · 75
金鑾子晬日(금란자수일) · 77
適意(적의) · 79
歸田(귀전) · 81
自吟拙什因有所懷(자음졸십인유소회) · 83
得微之到官後書備知通州之事悵然有感
(득미지도관후서비지통주지사창연유감) 一 · 85
得微之到官後書備知通州之事悵然有感
(득미지도관후서비지통주지사창연유감) 二 · 86
夜聞歌者(야문가자) 〔宿鄂州(숙악주)〕 · 88
舟行(주행) · 90
望江州(망강주) · 92
初到江州(초도강주) · 93
寄殷協律(기은협률) · 94
祕省後廳(필생후청) · 95
過昭君村(과소군촌) · 96
弄龜羅(농구라) · 99
感情(감정) · 101
題故元少尹集後(제고원소윤집후) · 103
鄧州路中作(등주로중작) · 104

제3장 達觀(달관)한 心性(심성)

傷宅(상택) · 106
不致仕(불치사) · 109

輕肥(경비) · 112
自江陵之徐州路上作寄兄弟
(자강릉지서주로상작기형제) · 114
將之饒州江浦夜泊(장지요주강포야박) · 116
及第後歸覲留別諸同年(급제후귀근류별제동년) · 118
春中與盧四周諒華陽觀同居
(춘중여로사주량화양관동거) · 120
病假中南亭閑望(병가중남정한망) · 121
官舍小亭閑望(관사소정한망) · 122
新栽竹(신재죽) · 124
戲題新栽薔薇(희제신재장미) · 126
縣西郊秋寄贈馬造(현서교추기증마조) · 127
百鍊鏡(백련경) · 128
井底引銀瓶(정저인은병) · 131
送春(송춘) · 134
八月十五日夜禁中獨直對月憶元九
(팔월십오일야금중독직대월억원구) · 136
感元九悼亡詩因爲代答(감원구도망시인위대답)
一. 答謝家最小偏憐女(답사가최소편련녀) · 138
感元九悼亡詩因爲代答(감원구도망시인위대답)
二. 答騎馬入空臺(답기마입공대) · 140
感元九悼亡詩因爲代答(감원구도망시인위대답)
三. 答山驛夢(답산역몽) · 141
自詠老身示諸家屬(자영로신시제가속) · 142
昭國閑居(소국한거) · 144
洛下卜居(낙하복거) · 146
春題湖上(춘제호상) · 149
宿靈巖寺上院(숙령암사상원) · 150

登香爐峯頂(등향로봉정) · 151
過李生(과리생) · 153
食筍(식순) · 155
初入峽有感(초입협유감) · 157
西湖晚歸回望孤山寺贈諸客
(서호만귀회망고산사증제객) · 159
江樓晚眺景物鮮奇吟翫成篇寄水部張員外
(강루만조경물선기음완성편기수부장원외) · 160

제4장 風流(풍류)와 憐憫(연민)

海漫漫(해만만) · 162
太行路(태행로) · 165
縛戎人(박융인) · 169
驪宮高(여궁고) · 174
賣炭翁(매탄옹) · 177
李夫人(이부인) · 179
自題寫眞(자제사진) · 183
松齋自題(송재자제) · 185
出府歸吾廬(출부귀오려) · 187
效陶潛體詩(효도잠체시) 一 · 190
效陶潛體詩(효도잠체시) 二 · 192
效陶潛體詩(효도잠체시) 三 · 194
效陶潛體詩(효도잠체시) 四 · 197
效陶潛體詩(효도잠체시) 五 · 199
效陶潛體詩(효도잠체시) 六 · 202

游襄陽懷孟浩然(유양양회맹호연) · 204
別元九後詠所懷(별원구후영소회) · 206
曲江感秋(곡강감추) · 208
病中哭金鑾子(병중곡금란자) · 210
重到渭上舊居(중도위상구거) · 212
秋遊原上(추유원상) · 215
感舊(감구) · 217
二年三月五日齋畢開素當食偶吟贈妻弘農郡君
(이년삼월오일재필개소당식우음증처홍농군군) · 219
渭村雨歸(위촌우귀) · 223
香山避暑(향산피서) · 224
尋春題諸家園林(심춘제제가원림) · 225
楊柳枝詞(양류지사) · 226
早冬(조동) · 227
杭州春望(항주춘망) · 228
商山路有感(상산로유감) · 230
聞夜砧(문야침) · 231
春江(춘강) · 232
東樓(동루) · 233

제5장 感傷(감상)의 歌行(가행)

長恨歌(장한가) · 238
琵琶引(비파인) 幷序(병서) · 249
三年除夜(삼년제야) · 258
西原晚望(서원만망) · 260

念金鑾子(염금란자) · 262
重傷小女子(중상소녀자) · 264
酬張十八訪宿見贈(수장십팔방숙견증) · 265
凶宅詩(흉택시) · 268
再到襄陽訪問舊居(재도양양방문구거) · 272
寄微之(기미지) 一 · 274
寄微之(기미지) 二 · 276
江樓宴別(강루연별) · 278
大林寺桃花(대림사도화) · 279
香爐峯下新下卜山居草堂初成偶題東壁
(향로봉하신하복산거초당초성우제동벽) 一 · 280
香爐峯下新下卜山居草堂初成偶題東壁
(향로봉하신하복산거초당초성우제동벽) 二 · 282
香爐峯下新下卜山居草堂初成偶題東壁
(향로봉하신하복산거초당초성우제동벽) 三 · 283
中秋月(중추월) · 285
李白墓(이백묘) · 286
哭師皐(곡사고) · 287
元相公輓歌詞(원상공만가사) 一 · 289
元相公輓歌詞(원상공만가사) 二 · 290
元相公輓歌詞(원상공만가사) 三 · 291
長相思(장상사) · 292
九日登巴臺(구일등파대) · 294
東坡種花(동파종화) · 296
竹窗(죽창) · 298
達哉樂天行(달재락천행) · 301

제 1 장

多情多感(다정다감)

對酒(대주) 一

교 졸 현 우 상 시 비　여 하 일 취 진 망 기
巧拙賢愚相是非 如何一醉盡忘機
군 지 천 지 중 관 착　조 악 난 황 각 자 비
君知天地中寬窄 鵰鶚鸞皇各自飛

【譯】

잘났다 못났다 영악하다 어리석다 서로 시비를 가리지만

흠뻑 취하여 속세의 간계를 잊음이 어떠하리.

그대는 아는가! 천지는 끝없이 넓으면서도 좁아

사나운 보라매나 성스러운 봉황이 저마다 날 수 있다네.

【註】

對酒(대주)……문종(文宗) 태화(太和) 원년 비서감으로 임명받고 장안(長安)에 있을 때 지은 작품.

忘機(망기)……속세의 농간이나 간계(奸計) 같은 것을 잊음.

寬窄(관착)……넓다면 넓고 좁다면 좁다고 할 수 있는 세상.

鵰鶚(조악)……보라매같이 사나운 사람, 즉 악인.

鸞皇(난황)……난새나 봉황새. 평화롭고 상서로운 서조(瑞鳥). 착한 사람에 비유.

對酒(대주) 二

와우각상쟁하사 석화광중기차신
蝸牛角上爭何事 石火光中寄此身
수부수빈차환락 불개구소시치인
隨富隨貧且歡樂 不開口笑是癡人

【譯】

달팽이 뿔 위에서 하잘것없는 일로 다툰들 무엇하랴.
전광석화같이 짧은 시간 속 이 세상에 몸담고 있는데
부귀면 부귀, 빈천은 빈천, 분수대로 즐기면서 사세.
입 벌려 웃을 일 없다는 것은 바로 바보 같은 짓.

【註】

蝸牛角上(와우각상)……장자(莊子) 즉양편(則陽篇)에 나오는 말. 달팽이 왼쪽 뿔에 나라를 둔 촉씨(觸氏)와 오른쪽 뿔에 나라를 둔 만씨(蠻氏)가 서로 싸워서 전사자 5만을 냈다는 우화(偶話).

開口笑(개구소)……입을 벌려 웃는 것.

對酒(대주) 三

백 세 무 다 시 장 건　일 춘 능 기 일 청 명
百歲無多時壯健 一春能幾日晴明
상 봉 차 막 추 사 취　청 창 양 관 제 사 성
相逢且莫推辭醉 聽唱陽關第四聲

【譯】

백 살을 살아도 건강한 날은 별로 없고
봄 90일에 며칠이나 맑고 좋은 날이 있나.
서로 이렇게 만났으니 취하기를 거절 말게.
내가 노래하는 양관(陽關)의 곡도 들어 보게나.

【註】

百歲(백세)……사람의 일생.
無多時(무다시)……많지 않다.
第四聲(제사성)……백락천이 단 주석에 따르면 "그대에게 권하노니 한잔 더 들게! 서쪽으로 양관(陽關)을 나서면 벗들도 없을 터이니……."라고 했다.

雨夜有念(우야유념)

이도치심기 종세득안연 하내척척의 홀래풍우천
以道治心氣 終歲得晏然 何乃戚戚意 忽來風雨天

기비모영현 우불휼기한 호위초불락 포슬잔등전
旣非慕榮顯 又不恤飢寒 胡爲悄不樂 抱膝殘燈前

형영암상문 심묵대이언 골육능기인 각재천일단
形影暗相問 心默對以言 骨肉能幾人 各在天一端

오형기숙주 오제객동천 남북오천리 아신재중간
吾兄寄宿州 吾弟客東川 南北五千里 我身在中間

욕거병미능 욕주심불안 유여파상주 차박이피견
欲去病未能 欲住心不安 有如波上舟 此縛而彼牽

자아향도래 우금육칠년 연성불이성 쇄진천만연
自我向道來 于今六七年 鍊成不二性 銷盡千萬緣

유유은애화 왕왕유오전 개시약무효 병다난진견
唯有恩愛火 往往猶熬煎 豈是藥無效 病多難盡蠲

【譯】

도를 닦아 마음을 다스리니
항상 심정 편안하지만
그런데도 어찌 시름 많은가?
갑자기 닥쳐오는 풍우의 밤
나는 이미 영화를 그리워하지도 않고
또한 굶주릴 근심도 없는데,
그런데도 왜 슬프고 즐겁지 않으며
등잔 앞에 무릎을 안고 있을까.

몸과 마음 서로 문답을 해 보더니
마음이 혼잣말로 대답하기를
형제는 몇 사람 되지도 않는데
각자 저 하늘 끝으로 헤어져 있으며
형은 숙주(宿州)에 살고 있고
동생은 동천(東川)을 여행하고 있으며
남북으로 갈라져 오천 리
나는 그 중간에 있는데
가 보려 해도 병으로 갈 수 없고
머물러 있으려 하니 마음이 불안.
마치 파도 위에 뜬 배와 같이
여기에 묶여 이리저리 끌려 다녀.
불도에 뜻을 두고 여기 온 이래
어언 6, 7년.
불이(不二)의 가르침을 닦아
모든 속연(俗緣)을 끊었는데,
오직 골육 은애(恩愛)의 정만은
아직도 가끔 마음을 태우니
어찌 불교라는 약 효과가 없겠냐만
병이 너무 많아 다 치료하기 어렵구나.

【註】

道(도)……불도(佛道). 부처님의 가르침. / 晏然(안연)……편안한 상태.
宿州(숙주)……지금의 안휘성(安徽省) 숙현(宿縣). 형이 살고 있는 곳.
不二性(불이성)……불이(不二)의 가르침. 진실한 불성(佛性)의 가르침.
熬煎(오전)……졸인다. 물기가 있는 것을 말린다.

曲江早秋(곡강조추)

추 파 홍 요 수　석 조 청 무 안　독 신 마 제 행　곡 강 지 사 반
秋波紅蓼水 夕照青蕪岸 獨信馬蹄行 曲江池四畔
조 량 청 후 지　잔 서 명 래 산　방 희 염 욱 소　복 차 시 절 환
早涼晴後至 殘暑暝來散 方喜炎燠銷 復嗟時節換
아 년 삼 십 육　염 염 혼 부 단　인 수 칠 십 희　칠 십 신 과 반
我年三十六 冉冉昏復旦 人壽七十稀 七十新過半
차 당 대 주 소　물 기 림 풍 탄
且當對酒笑 勿起臨風歎

【譯】

가을 파도는 붉은 여뀌 피는 연못에 일어나고
푸른 잡초 우거진 언덕엔 석양이 비추고 있는데
홀로 말 가는 대로 맡겨서 되는 대로 나아가
곡강(曲江) 가에 가니
하늘은 맑게 갠 뒤 시원해지고
저녁이 되자 더위는 모두 사라졌네.
더위가 사라진 것은 기쁘지만
또 계절이 바뀌는 것은 슬픈 일
내 나이 서른 하고도 여섯
이 서른여섯의 하루가 저물고 또 밝아오네.
사람의 수명 칠십이 드물다고 하는데
그 칠십의 반 이상이 지나갔으니
자아, 술이나 마시고 웃어나 보며

가을바람 보고 한탄만은 하지 마세.

【註】

曲江早秋(곡강조추)……원화(元和) 2년(807년)의 작품. 이때 백거이(白居易)는 집현전교리(集賢殿校理)가 되어 장안(長安)에 있었다.

靑蕪(청무)……푸른 잡초가 무성한 거친 땅.

七十稀(칠십희)……두보(杜甫)의 곡강시(曲江詩)에 '주채심상행처유(酒債尋常行處有) 인간칠십고래희(人間七十古來稀)'라는 말이 있는데, 우리가 70세를 고희(古稀)라고 하는 것도 여기서 유래된 말이다.

暮江吟(모강음)

일 도 잔 양 포 수 중　반 강 슬 슬 반 강 홍
一道殘陽鋪水中　半江瑟瑟半江紅
가 련 구 월 초 삼 야　노 사 진 주 월 사 궁
可憐九月初三夜　露似眞珠月似弓

【譯】

한 줄기 석양빛 강 속에 드리우니
강의 반은 푸르고 반은 붉은데
마침 구월 초삼일 밤인지라
이슬은 진주같이 빛나고 달은 활과 같아라.

【註】

暮江吟(모강음)……맑은 가을 위수(渭水)를 보고 읊은 시.
殘陽(잔양)……석양(夕陽).
瑟瑟(슬슬)……보석의 푸른 빛.

村夜(촌야)

상 초 창 창 충 절 절　촌 남 촌 북 행 인 절
霜草蒼蒼蟲切切　村南村北行人絶
독 출 문 전 망 야 전　월 명 교 맥 화 여 설
獨出門前望野田　月明蕎麥花如雪

【譯】

서리 맞은 풀 시들고 벌레소리 절절
마을 남북에는 행인도 없는데
홀로 문 앞에 나가 전야(田野)를 바라보니
달 밝아 메밀꽃 마치 눈과 같이 희네.

【註】

霜草(상초)……서리 맞아 상처 입은 풀.
蒼蒼(창창)……풀이 시들고 힘이 없는 모양.
切切(절절)……벌레 우는 소리를 형용하는 말.

暮立(모립)

황 혼 독 립 불 당 전　만 지 괴 화 만 수 선
黃昏獨立佛堂前　滿地槐花滿樹蟬
대 저 사 시 심 총 고　취 중 장 단 시 추 천
大抵四時心總苦　就中腸斷是秋天

【譯】

황혼에 홀로 불당(佛堂) 앞에 서니
온 땅엔 회나무꽃 온 나무엔 매미
대체로 사시사철 항상 마음 슬프나
그 중에도 단장의 슬픔은 역시 가을.

【註】

槐花(괴화)……회나무꽃 낙화로 가득.
腸斷(장단)……극도의 슬픔. 단장의 슬픔.

贈內(증내)

막 막 암 태 신 우 지　미 미 량 로 욕 추 천
漠漠闇苔新雨地　微微涼露欲秋天
막 대 월 명 사 왕 사　손 군 안 색 감 군 년
莫對月明思往事　損君顔色減君年

【譯】

초가을에 내린 비로 후미진 곳에 이끼 돋았고
미미하게 이슬 내려 하늘엔 가을도 짙어졌는데
밝은 달 바라보며 옛날 아픈 생각하지 마소
그대 얼굴 나빠지고 그대 수명도 짧아질까 두렵네.

【註】

贈內(증내)……남편이 아내에게 주는 글.
漠漠(막막)……넓게 이어져 있는 모양.
闇苔(암태)……그늘진 곳에 돋는 이끼.
微微(미미)……작고 미미함.
往事(왕사)……지나간 옛일들.
顔色(안색)……얼굴 빛.
君年(군년)……하늘에서 받은 그대의 수명.

同李十一醉憶元九(동리십일취억원구)

화 시 동 취 파 춘 수　취 절 화 지 작 주 주
花時同醉破春愁　醉折花枝作酒籌
홀 억 고 인 천 제 거　계 정 금 일 도 량 주
忽憶故人天際去　計程今日到梁州

【譯】

꽃이 필 때 함께 취해 봄의 시름 없애고

취해서 꺾은 꽃가지 술통 셈하는 산가지로 하니

홀연히 멀리 간 친구 생각이 나서

여정 따져 보니 오늘 양주(梁州)쯤 갔으리라.

【註】

花時(화시)……꽃이 필 때.
春愁(춘수)……봄철에 느끼는 계절의 슬픔.
酒籌(주주)……술을 마실 때 술잔 수를 헤아리는 산가지.
故人(고인)……옛 친구.
梁州(양주)……지금의 협서성(陜西省) 남정현(南鄭縣) 동쪽 지방.

初貶官過望秦嶺(초폄관과망진령)

초 초 사 가 우 후 사　지 지 거 국 문 전 도
草草辭家憂後事　遲遲去國問前途
망 진 령 상 회 두 립　무 한 추 풍 취 백 수
望秦嶺上回頭立　無限秋風吹白鬚

【譯】

초조하게 집을 떠나면서 뒷일을 근심하고

천천히 장안(長安)을 나서면서 앞길을 묻는데

망진령(望秦嶺)에 서서 머리 돌려 바라보니

내 흰 수염에 한없이 불어오는 끝없는 가을바람.

【註】

初貶官(초폄관)……영화(永和) 10년 8월, 백락천은 강주사마(江州司馬)로 폄(貶)되었다. 그때의 관직인 태자좌천성대부(太子左贊成大夫)는 정오품상(正五品上)이고, 강주사마는 종오품하(從五品下)인데, 이와 같이 관직이 강등되는 것을 폄(貶)이라 한다.

望秦嶺(망진령)……장안 부근을 바라볼 수 있는 산봉우리.

草草(초초)……빨리 시드는 모양.

遲遲(지지)……천천히.

白鬚(백수)……흰 수염.

回頭(회두)……머리를 돌려 뒤를 바라봄.

舟中讀元九詩(주중독원구시)

파 군 시 권 등 전 독　시 진 등 잔 천 미 명
把君詩卷燈前讀　詩盡燈殘天未明
안 통 멸 등 유 암 좌　역 풍 취 랑 타 선 성
眼痛滅燈猶闇坐　逆風吹浪打船聲

【譯】

그대의 시집 등불 앞에서 읽으니
시 다 읽어도 등불 꺼지지 않고 날은 밝지 않는데
눈이 아파 불을 끄고 어둠 속에 앉아 있으니
역풍(逆風) 불어 파도가 배를 치는 소리 심하네.

【註】

舟中讀元九詩(주중독원구시)……양자가 배 위에서 원진(元稹)의 글을 읽고 지은 시.
元(원)……친구인 원진(元稹).
燈殘(등잔)……불이 꺼지지 않는 등불.
未明(미명)……날이 아직 밝아오지 않음.

浦中夜泊(포중야박)

암 상 강 제 환 독 립　수 풍 상 기 야 릉 릉
闇上江隄還獨立　水風霜氣夜稜稜
회 간 심 포 정 주 처　노 적 화 중 일 점 등
回看深浦停舟處　蘆荻花中一點燈

【譯】

어둠 속 강 언덕에 홀로 서 있으니
수면에 부는 바람과 밤 서리 너무나 찬데
머리 돌려 배가 있는 포구 쪽 바라보니
갈대와 쑥꽃 속에 한점 등불 보이네.

【註】

浦中夜泊(포중야박)……강주(江州)로 가는 도중 양자강(揚子江) 부근에서 지음.
隄(제)……제(堤)와 같음. 제방. 강둑.
稜稜(능릉)……너무나 차가운 모양.
深浦(심포)……깊숙한 포구.
蘆荻(노적)……갈대와 쑥 등 강가의 잡초.

王昭君(왕소군) 一

만 면 호 사 만 빈 풍　미 소 잔 대 검 소 홍
滿面胡沙滿鬢風 眉銷殘黛臉銷紅
수 고 신 근 초 췌 진　여 금 각 사 화 도 중
愁苦辛勤顦悴盡 如今却似畫圖中

【譯】

얼굴에 가득한 호지의 모래와 살쩍에 가득한 호지의 바람
그린 눈썹도 다 지워지고 얼굴에 연지곤지 다 없어져
수심과 괴로움과 고생으로 초췌해져서
지금은 화공이 그린 그림과 꼭 같구나.

【註】

王昭君(왕소군)……한(漢) 원제(元帝) 때 흉노 호한사(呼韓邪) 단우(單于)를 회유하기 위해 보내진 한의 궁녀. 왕소군(王昭君)은 화공인 모연수(毛延壽)에게 뇌물을 주지 않았으므로 원제(元帝)에게 보이는 초상화를 고의적으로 밉게 그렸다. 그래서 흉노에 보낼 여자를 선발할 때 왕소군이 선발되었다.
胡沙(호사)……북방 만속 호지(胡地)에 일어나는 먼지.
殘黛(잔대)……예쁘게 그린 눈썹이 다 망가진 것.
辛勤(신근)……고생을 하다.

王昭君(왕소군) 二

한 사 각 회 빙 기 어　황 금 하 일 속 아 미
漢使却回憑寄語　黃金何日贖蛾眉
군 왕 야 문 첩 안 색　막 도 불 여 궁 리 시
君王若問妾顏色　莫道不如宮裏時

【譯】

한나라 사신이 돌아갈 때 말 전갈하기를
언제 황금으로 나를 다시 사서 되돌아가게 하나요.
군왕이 만일 나의 아름다운 얼굴 묻는다면
궁중에 있을 때보다 더 미워졌다고 말하지 마소서.

【註】

漢使(한사)……왕소군이 있는 곳으로 간 한(漢)의 사절.
却廻(각회)……귀환(歸還)하다.
寄語(기어)……말을 전하다.
黃金(황금)……몸값으로 지불하는 황금.
蛾眉(아미)……미인.
顏色(안색)……용모.
宮裏(궁리)……궁중(宮中).

燕子樓(연자루) 一

만 창 명 월 만 렴 상　피 랭 등 잔 불 와 상
滿窗明月滿簾霜　被冷燈殘拂臥牀
연 자 루 중 상 월 야　추 래 지 위 일 인 장
燕子樓中霜月夜　秋來只爲一人長

【譯】

명월이 창문에 가득하고 싸늘한 서리 주렴에 엉길 새
이불은 차고 새벽 등불 희미하게 잠자리를 비추는데
연자루(燕子樓) 속에서 서리 내리는 달밤
가을 다가오니 이 밤 홀로 지내기 너무나 기네.

【註】

滿簾霜(만렴상)……창문 가득 서리가 내려.
被(피)……이불.
燈殘(등잔)……꺼져 가는 등잔불.
秋來(추래)……가을이 되니.
一人長(일인장)……홀로 지내기 너무나 긴 밤.

燕子樓(연자루) 二

전 훈 라 삼 색 사 연　기 회 욕 착 즉 산 연
鈿暈羅衫色似烟　幾回欲着卽潸然
자 종 불 무 예 상 곡　첩 재 공 상 십 일 년
自從不舞霓裳曲　疊在空箱十一年

【譯】

금비녀도 색이 가고 비단옷도 바래니
여러 번 몸에 걸치려 하다간 눈물만 흘려
예상곡(霓裳曲)의 춤을 추지 않게 된 이래
십일 년간이나 옷장 속에 접어 넣어두었네.

【註】

鈿(전)……황금과 보석이 박힌 비녀.
羅衫(나삼)……엷은 비단 옷.
幾回(기회)……몇 번이나.
潸然(잠연)……눈물이 흐르는 모양.
霓裳曲(예상곡)……무용곡. 궁중뿐만 아니라 귀족들 집에서도 행해졌다.
疊在(첩재)……차곡차곡 개어 두다.

燕子樓(연자루) 三

금 춘 유 객 락 양 회　증 도 상 서 묘 상 래
今春有客洛陽回　曾到尚書墓上來
견 설 백 양 감 작 주　쟁 교 홍 분 불 성 회
見說白楊堪作柱　爭敎紅粉不成灰

【譯】

금년 봄 낙양(洛陽)에서 나그네가 왔는데

장상서(張尙書) 묘를 참배하고 왔다나?

무덤가에 백양나무 기둥이 될 만큼 자랐다 하더군!

그런데 이 연지와 분 왜 재가 되지 않을까.

【註】

回(회)……돌아오다.

尙書(상서)……장상서(張尙書).

紅粉(홍분)……연지와 분. 반반이 자기 자신을 일컫는 말.

成灰(성회)……재가 되다.

苦熱題恆寂師禪室(고열제긍적사선실)

인 인 피 서 주 여 광　독 유 선 사 불 출 방
人人避暑走如狂　獨有禪師不出房
가 시 선 방 무 열 도　단 능 심 정 즉 신 량
可是禪房無熱到　但能心靜卽身涼

【譯】

사람마다 더위 피해 달리기 마치 미친 듯한데
홀로 선사(禪師)만은 문 밖을 나오지 않으니.
선방(禪房)인들 열기가 도달하지 않을 리 없건만
다만 마음 고요하니 몸도 시원할 따름.

【註】

苦熱(고열)……매우 더워서 괴로움.
恆寂師(긍적사)……참선을 하는 선승의 이름.
人人(인인)……사람마다.
如狂(여광)……미친 듯이.
禪房(선방)……선실(禪室).

江南送北客因憑寄徐州兄弟書
(강남송북객인빙기서주형제서)

고 원 망 단 욕 하 여　초 수 오 산 만 리 여
故園望斷欲何如　楚水吳山萬里餘
금 일 인 군 방 형 제　수 행 향 루 일 봉 서
今日因君訪兄弟　數行鄕淚一封書

【譯】

고향 바라봐도 보이지 않아 어찌 할 수 없는데
초(楚)의 강 오(吳)의 산이 만 리나 가로놓여
오늘 그대로 인해 형제를 대할 수 있게 되니
한 통의 편지 속에 담긴 몇 줄기 눈물

【註】

江南(강남)……양자강 남쪽. 이 시는 15세 때의 작품으로 당(唐)의 덕종(德宗) 정원(貞元) 2년(786년)의 작품이다.
北客(북객)……북쪽으로 가는 나그네.
故園(고원)……고향(故鄕). 가족이 있는 곳.

議婚(의혼)

천하무정성 열이즉위오 인간무정색 열목즉위주
天下無正聲 悅耳卽爲娛 人間無正色 悅目卽爲姝

안색비상원 빈부즉유수 빈위시소기 부위시소추
顏色非相遠 貧富則有殊 貧爲時所棄 富爲時所趨

홍루부가녀 금루수라유 견인불렴수 교치이팔초
紅樓富家女 金縷繡羅襦 見人不斂手 嬌癡二八初

모형미개구 이가불수유 녹창빈가녀 적막이십여
母兄未開口 已嫁不須臾 綠窗貧家女 寂寞二十餘

형채부직전 의상무진주 기회인욕빙 임일우지주
荊釵不直錢 衣上無眞珠 幾迴人欲聘 臨日又踟躕

주인회량매 치주만옥호 사좌차물음 청아가량도
主人會良媒 置酒滿玉壺 四座且勿飮 聽我歌兩途

부가녀이가 가조경기부 빈가녀난가 가만효어고
富家女易嫁 嫁早輕其夫 貧家女難嫁 嫁晩孝於姑

문군욕취부 취부의하여
聞君欲娶婦 娶婦意何如

【譯】

천하에는 바른 음악이라 하는 것이 없고
귀에 듣기 좋으면 그 사람에게 좋은 음악
세상에는 진실한 미인이라 하는 것이 없고
눈에 아름다우면 그가 곧 미인.
얼굴에는 그다지 큰 차이가 없으나
빈부에는 많은 차이가 있어

가난할 땐 세상에서 버림받고
부유하면 모두에게 귀여움 받네.
붉은 누각에 사는 부잣집 딸은
금실로 비단에 자수를 놓으며
사람이 와도 일손을 거두지 않는데
귀엽고 아리따운 열여섯 살
어머니와 형이 말을 하기 전에
이미 혼사는 결정이 지어지고
가난한 집 초라한 창가의 처녀는
쓸쓸하게도 스무 살을 넘기는데
한 푼의 값어치도 없는 가시나무 비녀를 찌르고
옷에도 진주장식이 없네.
여러 번 사람들이 찾아오지만
결정 당일이 되면 또한 주저하니
주인은 좋은 매파를 불러 모아
술자리 마련하고 혼담을 하는데
자리에 모인 사람 잠깐 술잔 멈추고
나의 빈부 두 길의 노래 들어주게.
부잣집 딸은 시집가기 쉬워
빨리 시집가므로 남편을 가볍게 여기고
가난한 집 딸은 시집가기 어려워
늦게 시집가니 시부모께 효도하네.
듣건대 그대는 부인을 얻으려 한다는데
이 두 신부에 대한 의향은 어떠한지.

【註】

議婚(의혼)……혼인을 의논함.
正聲(정성)……음률이 바른 음악.
人間(인간)……인간 세상. 사람 사는 세상.
姝(주)……미색(美色). 용모가 아름답다.
紅樓(홍루)……당대(唐代) 부잣집에서는 높은 건물을 짓고 붉은 칠을 해서 가족이 사는 곳으로 했다. 부녀자가 있는 곳.
金縷(금루)……금실.
羅襦(나유)……엷은 비단 웃옷.
不斂手(불렴수)……손을 멈추지 아니한다. 사람이 와도 일을 멈추지 아니하는 것을 예가 아니다.
嬌癡(교치)……철이 들지 않고 어리다.
不須臾(불수유)……잠깐 사이에. 기다릴 필요가 없는 짧은 시간.
荊釵(형채)……가시나무로 만든 비녀. 후한(後漢)의 양홍(梁鴻)의 처 맹광(孟光)이 이것을 찌르고 무명옷을 입고 가난을 감수했으므로, 양홍이 자기 처를 형처(荊妻), 졸형(拙荊), 형실(荊室), 산형(山荊)이라고 불렀다.
不直錢(부직전)……한 푼의 가치도 없다.
踟躕(지주)……배회하다. 바로 가지 않고 주저하다.
四座(사좌)……만좌(滿座). 거기 있는 모든 사람.

渭上偶釣(위상우조)

위 수 여 경 색 중 유 리 여 방 우 지 일 간 죽 현 조 지 기 방
渭水如鏡色 中有鯉與魴 偶持一竿竹 懸釣至其傍

미 풍 취 조 사 요 뇨 십 척 장 수 지 대 어 좌 심 재 무 하 향
微風吹釣絲 嫋嫋十尺長 誰知對魚坐 心在無何鄉

석 유 백 두 인 역 조 차 위 양 조 인 부 조 어 칠 십 득 문 왕
昔有白頭人 亦釣此渭陽 釣人不釣魚 七十得文王

황 아 수 조 의 인 어 우 겸 망 무 기 량 부 득 단 농 추 수 광
况我垂釣意 人魚又兼忘 無機兩不得 但弄秋水光

흥 진 조 역 파 귀 래 음 아 상
興盡釣亦罷 歸來飮我觴

【譯】

위수(渭水)의 물은 거울같이 맑은데
그 속에 잉어와 방어가 있어
우연히 낚싯대 하나 들고
강 언덕에 가서 낚시질하는데
산들바람 낚싯줄에 불어오고
열 자 긴 줄은 바람에 흔들리네.
몸은 이같이 고기 향해 앉았으나
마음은 무아지경에 놀고 있는 것
옛날에 백발인 사람이 있었는데
역시 이 위수 북쪽에서 낚시를 하다
낚시꾼은 고기를 낚지 않고

칠십에 문왕(文王)을 낚았지만
내가 낚시하는 목적은
사람도 고기도 다 아닌 데다
뜻이 없어 둘 다 잡지 못하고
다만 가을의 강물만 바라볼 뿐!
흥이 다 되면 낚시 또한 끝내고
돌아와서 내 술잔 기울일 따름.

【註】

嫋嫋(요뇨)……바람에 날리는 모양.

無何鄕(무하향)……아무 것도 없는 무아의 경지. 자연 조화(造化)의 경지.

七十得文王(칠십득문왕)……태공망(太公望)이 문왕을 위수가에서 얻은 고사.

詠慵(영용)

유관용불선 유전용불농 옥천용부즙 의렬용불봉
有官慵不選 有田慵不農 屋穿慵不葺 衣裂慵不縫

유주용부작 무리준장공 유금간불탄 역여무현동
有酒慵不酌 無異樽長空 有琴澗不彈 亦與無絃同

가인고반진 욕취용불용 친붕기서지 욕독용개봉
家人告飯盡 欲炊慵不舂 親朋寄書至 欲讀慵開封

상문혜숙야 일생재용중 탄금부단철 비아미위용
嘗聞嵇叔夜 一生在慵中 彈琴復鍛鐵 比我未爲慵

【譯】

관직에 있어도 게을러서 선발되지 않고
밭이 있어도 게을러서 갈지 않으며
지붕이 뚫어져도 게을러서 이지 않고
옷이 찢어져도 게을러서 꿰매지 않고
술이 있어도 게을러서 따르지 않으니
술통이 오래 비어 있는 것과 다르지 않네.
거문고 있어도 게을러서 타지 않으니
역시 줄이 끊어져 없는 것과 같으며
집사람이 밥이 없다고 말해도
밥 지을 곡식을 게을러서 찧지 않고
친척과 친구의 편지가 와서
읽으려 해도 봉투 여는 것도 게을러.
전에 들은 바로 혜숙야(嵇叔夜)는

일생을 게으르게 지냈다고 하는데

그래도 금(琴)을 타고 대장간을 했다 하니

내게 비하면 게으르지 않은 편.

【註】

屋穿(옥천)……지붕에 구멍이 뚫려 비가 새는 것.

嵇叔夜(혜숙야)……위(魏)의 문사(文士)인 혜강(嵇康). 숙야(叔夜)는 그의 자. 죽림칠현(竹林七賢)의 한 사람으로 금의 명수이며 은둔하려 했으나 뜻을 이루지 못하고 죽임을 당했다.

溪中早春(계중조춘)

남 산 설 미 진	음 령 류 잔 백	서 간 빙 이 소	춘 류 함 신 벽
南山雪未盡	陰嶺留殘白	西澗冰已消	春溜含新碧
동 풍 래 기 일	칩 동 맹 초 탁	잠 지 양 화 공	일 일 불 허 척
東風來幾日	蟄動萌草析	潛知陽和功	一日不虛擲
애 차 천 기 난	내 불 계 변 석	일 좌 욕 망 귀	모 금 성 책 책
愛此天氣暖	來拂溪邊石	一坐欲忘歸	暮禽聲嘖嘖
봉 호 격 상 조	은 영 연 화 석	귀 래 문 야 손	가 인 팽 제 맥
蓬蒿隔桑棗	隱映煙火夕	歸來問夜飱	家人烹薺麥

【譯】

남산에 눈 아직 다 녹지 않아
그늘진 봉우리엔 흰눈 남아 있는데
서쪽 계곡의 얼음 이미 녹아
봄 물웅덩이 푸르게 고여 있네.
동풍은 언제나 불어올까.
벌레들 움직이고 풀 돋아나니
양춘(陽春)의 공덕
하루도 헛되지 않았음을 알 수 있어.
이 따뜻한 기후 좋아서
개울가로 가 돌 밀치고 앉으니
한 번 앉은 다음 돌아갈 것 잊는데,
저녁 되자 새소리 짹짹 들리기 시작하네.
쑥은 뽕나무와 대추나무 사이에 돋아나

저녁 짓는 불빛에 비춰지고
돌아가 저녁 밥 무엇인가 물으니
집사람 말이 냉잇국에 보리밥.

【註】

南山(남산)……종남산(終南山).
陰嶺(음령)……산의 음지 진 곳.
殘白(잔백)……잔설(殘雪).
西澗(서간)……서쪽 개울.
春溜(춘류)……봄의 물 웅덩이.
蟄(칩)……흙 속에 숨어 있던 벌레.
萌草(맹초)……초목의 싹.
陽和(양화)……양춘(陽春)과 같음.
嘖嘖(책책)……새가 우는 소리.
蓬蒿(봉호)……쑥.
煙火(연화)……밥을 짓는 연기.
薺麥(제맥)……냉잇국에 보리밥.

府西池(부서지)

유 무 기 력 지 선 동 지 유 파 문 빙 진 개
柳無氣力枝先動 池有波紋冰盡開
금 일 부 지 수 계 회 춘 풍 춘 수 일 시 래
今日不知誰計會 春風春水一時來

【譯】

버들은 한들한들 가지 끝만 움직이고
못의 얼음 모두 녹아 파도 잔잔히 일어나는데,
오늘의 일 누가 계획했을까
춘풍과 춘수 일시에 다가오게 한 것.

【註】

府西池(부서지)……낙양(洛陽)에서 하남윤(河南尹)으로 있으면서 그 관청 안의 연못 경치를 보고 지은 노래.
計會(계회)……사물을 분별해서 계획함.

病中多雨逢寒食(병중다우봉한식)

수국다음상라출 노부요병애한면 삼순와도앵화월
水國多陰常懶出 老夫饒病愛閑眠 三旬臥度鶯花月

일반춘소풍우천 박모하인취필률 신청기처박추천
一半春銷風雨天 薄暮何人吹觱篥 新晴幾處縛鞦韆

채승방수장여구 유시년년환소년
綵繩芳樹長如舊 唯是年年換少年

【譯】

호수 가까운 고장이라 흐린 날 많아서 항상 외출이 싫고
늙은이 병이 잦아 조용히 자는 것이 즐거워
꾀꼬리 울고 꽃피는 달에도 30일이나 누워 있었는데
봄철의 반이 풍우 속에 사라져 버렸네.
저녁 때 그 누가 대 피리 불고 있는가?
오랜만에 갠 날씨로 그네를 곳곳에 매니
비단 줄과 꽃나무는 옛날과 같으나
해마다 젊은이의 얼굴은 달라지고 있네.

【註】

病中多雨逢寒食(병중다우봉한식)……소주(蘇州)에서 병을 얻고 한식을 맞아 지은 작품.
水國(수국)……호수 가까운 고장. 소주(蘇州).
老夫(노부)……늙은 사람.
三旬(삼순)……30일간.
觱篥(필률)……대나무나 갈대로 만든 피리.
鞦韆(추천)……그네. 북방에서 전래된 놀이. 특히 부인들이 좋아함.

綵繩(채승)……색깔이 아름다운 그네 줄.
少年(소년)……젊은 사람들.

不出門(불출문)

불 출 문 래 우 수 순　장 하 소 일 여 수 친　학 롱 개 처 견 군 자
不出門來又數旬　將何銷日與誰親　鶴籠開處見君子
서 권 전 시 봉 고 인　자 정 기 심 연 수 명　무 구 어 물 장 정 신
書卷展時逢古人　自靜其心延壽命　無求於物長精神
능 행 편 시 진 수 도　하 필 강 마 조 복 신
能行便是眞修道　何必降魔調伏身

【譯】

문을 나가지 않은 지 벌써 수십 일
무엇으로 나날을 보내고 누구와 친한가.
새장 열고 학을 보니 군자를 대하는 듯하고
책장을 펼쳐 보니 옛 사람과 만나는 것을
스스로 마음 고요히 해 수명 늘이고
물욕을 없이 해 정신을 기르니
이를 능히 잘하면 바로 진정한 수도
반드시 마귀를 쫓고 정복하는 것만 수도가 아니네.

【註】

不出門(불출문)……낙양(洛陽)에서 태화(太和) 3, 4년경의 작품.
鶴籠(학롱)……학의 둥지.
君子(군자)……학을 말함.
降魔(강마)……마귀를 쫓음.
調伏(조복)……불가(佛家)의 말로, 신구의(身口意)의 삼업(三業)을 조화하고, 모든 악행을 하지 않는 것.

勸酒(권주)

권 군 일 배 군 막 사　권 군 양 배 군 막 의　권 군 삼 배 군 시 지
勸君一盃君莫辭 勸君兩盃君莫疑 勸君三杯君始知

면 상 금 일 로 작 일　심 중 취 시 승 성 시　천 지 초 초 자 장 구
面上今日老昨日 心中醉時勝醒時 天地迢迢自長久

백 토 적 오 상 진 주　신 후 퇴 금 주 북 두　불 여 생 전 일 준 주
白兔赤烏相趁走 身後堆金拄北斗 不如生前一樽酒

군 불 견 춘 명 문 외 천 욕 명　훤 훤 가 곡 반 사 생
君不見春明門外天欲明 喧喧歌哭半死生

유 인 주 마 출 부 득　백 여 소 거 쟁 로 행
遊人駐馬出不得 白輿素車爭路行

귀 거 래　두 이 백　전 전 장 용 매 주 끽
歸去來 頭已白 典錢將用買酒喫

【譯】

그대에게 술 한 잔 권하니 그대 사양 말게.

그대에게 두 잔 권하니 의심하지 말게.

그대에게 석 잔 권하니 그대 비로소 내 마음 알겠지.

사람의 얼굴은 하루 또 하루 늙어 가고

마음은 취해 있을 때가 깨어 있을 때보다 더 좋으니.

천지는 아득하고 장구한 것이나

세월은 항상 빨리도 지나가네.

죽은 뒤 북두칠성에 닿을 만큼 황금을 많이 쌓는다 해도

살아서 한 통의 술만 못하리라.

그대는 보지 못했던가, 궁성 춘명문(春明門) 밖의 동틀 무렵

시끄럽게 노래하고 또한 곡하며 나고 죽는 것이 엇갈리는 꼴
그곳을 지나는 사람들은 말을 멈추지 않으면 안 되는 지경
흰색 장의차가 다투어 길을 나가는 것을
돌아가세,
이미 머리 희어졌으니
전당포에 돈을 꾸어 그것으로 술을 사서 마셔나 보세.

【註】

迢迢(초초)……멀고 아득한 모양.
白兎(백토)……달.
赤烏(적오)……태양.
身後(신후)……죽은 뒤.
拄北斗(주북두)……북두칠성은 별 가운데 가장 높은 곳에 있는 별로 생각했다. 거기 닿을 정도로 쌓아 올린다는 것은 가장 많이 쌓는다는 뜻이다.
春明門(춘명문)……장안성 동쪽에 있는 삼문(三門) 가운데 중문(中門).
白輿素車(백여소거)……흰 가마와 마차. 모두 장의용 영구차.
歸去來(귀거래)……관직을 사직하고 고향으로 돌아가는 것.
典錢(전전)……전당포에서 돈을 빌리는 것.

江樓夕望招客(강루석망초객)

해천동망석망망 산세천형활부장 등화만가성사반
海天東望夕茫茫 山勢川形闊復長 燈火萬家城四畔

성하일도수중앙 풍취고목청천우 월조평사하야상
星河一道水中央 風吹古木晴天雨 月照平沙夏夜霜

능취강루소서부 비군모사교청량
能就江樓銷暑否 比君茅舍較清涼

【譯】

바다와 하늘의 동쪽 바라보니 저녁은 망망
산세와 강의 모양 탁 트이고 또한 아득히 길어
성(城) 사방엔 일만 집의 등불이 밝고
은하수 한 줄기 호수 중앙에 빛나는데,
바람은 고목에 불고 맑은 하늘에 비 뿌려
달은 모래밭을 비추니 여름밤에 서리인 듯
이 누각에서 피서할 마음 없는가?
그대의 오막살이집보다 더 시원한 것을.

【註】

江樓夕望招客(강루석망초객)……항주성(抗州城)의 동쪽 망해루(望海樓)에서 석양을 바라보고 지은 시.
茫茫(망망)……광대한 모양.
星河(성하)……하늘의 강.
一道(일도)……한 줄기.
銷暑(소서)……더위를 식힘.

梨園弟子(이원제자)

백 두 수 루 화 리 원　오 십 년 전 우 로 은
白頭垂淚話梨園　五十年前雨露恩
막 문 화 청 금 일 사　만 산 홍 엽 쇄 궁 문
莫問華清今日事　滿山紅葉鏁宮門

【譯】

백발에 눈물 흘리며 이원(梨園) 이야기하는데
오십 년 전에는 비와 이슬같이 은총도 깊었으나,
오늘의 화청궁(華清宮) 일 묻지를 마소
산 가득한 단풍잎이 궁의 문 메우고 있을 뿐.

【註】

梨園弟子(이원제자)……현종(玄宗)이 양성한 악인(樂人).
雨露恩(우로은)……천자의 은총.
華清(화청)……현종(玄宗)이 행행(行幸)한 여산(驪山)의 화청궁(華清宮).
鏁(쇄)……잠그다.

제 2 장

詩人(시인)의 情趣(정취)

賦得古原草送別(부득고원초송별)

이 리 원 상 초　일 세 일 고 영　야 화 소 부 진　춘 풍 취 우 생
離離原上草　一歲一枯榮　野火燒不盡　春風吹又生
원 방 침 고 도　청 취 접 황 성　우 송 왕 손 거　처 처 만 별 정
遠芳侵古道　晴翠接荒城　又送王孫去　萋萋滿別情

【譯】

흐드러지게 무성한 들판의 풀
일 년에 한번 성하다 시드는데,
들에 불이 나도 뿌리째 태우지 못하고
봄바람 불면 다시 살아나네.
멀리 꽃 피운 들풀 고도(古道)까지 자라나
이 맑은 날 푸름이 황성(荒城)까지 이어졌는데
이때에 왕손이 가는 것을 송별하니
무성한 풀과 같이 이별의 정 가득하네.

【註】

古原草(고원초)……송별의 시를 지어 이렇게 이름을 붙였음.
離離(이리)……무성하고 성한 모양.
遠芳(원방)……먼 곳에 피어 있는 향기로운 풀.
晴翠(청취)……맑은 날에 보이는 들판의 풀색.
萋萋(처처)……풀이 무성한 모양.
荒城(황성)……황폐한 성곽.

食後(식후)

식 파 일 각 수　기 래 양 구 다　거 두 간 일 영　이 부 서 남 사
食罷一覺睡　起來兩甌茶　擧頭看日影　已復西南斜

낙 인 석 일 촉　우 인 염 년 사　무 우 무 락 자　장 단 임 생 애
樂人惜日促　憂人厭年賒　無憂無樂者　長短任生涯

【譯】

밥 먹고 한잠 잔 뒤
일어나 차 두 잔 마시고
머리 들어 해를 보니
이미 서남으로 기울었네.
즐거운 사람에겐 해 가는 것 아쉽고
시름 많은 사람에겐 세월 긴 것이 싫어
근심도 기쁨도 없는 나 같은 사람은
길고 짧은 것 되는 대로 맡긴 생애.

【註】

兩甌(양구)……두 잔. 두 그릇.
年賒(연사)……세월이 긴 것처럼 느껴지다.
生涯(생애)……살아 있는 기간.
無憂(무우)……근심 걱정이 없음.

長安早春旅懷(장안조춘려회)

헌 거 가 취 훤 도 읍 중 유 일 인 향 우 립 야 심 명 월 권 렴 수
軒車歌吹諠都邑 中有一人向隅立 夜深明月卷簾愁

일 모 청 산 망 향 읍 풍 취 신 록 초 아 탁 우 쇄 경 황 류 조 습
日暮青山望鄉泣 風吹新綠草芽柝 雨灑輕黃柳條溼

차 생 지 부 소 년 춘 부 전 수 미 욕 삼 십
此生知負少年春 不展愁眉欲三十

【譯】

수레와 노래와 음악 소리 시끄러운 도읍
그 가운데 한 사람 구석을 향해 서 있는 나
밤 깊은데 주렴 발 걷고 명월 보니 시름은 가득
해 저물자 고향 생각으로 청산 바라보며 울고 있네.
봄바람 불어 풀들이 싹터 신록이 되고
비는 새싹에 내려 실버들가지도 젖어 있는데
나만이 소년의 봄과 등지고 있는 것을 알고
시름으로 눈시울 펴지 못한 채 삼십을 바라보네.

【註】

長安(장안)……진사 시험을 치러 장안에 갔을 때의 작품.
軒車(헌거)……대부(大夫) 이상의 높은 사람이 타는 좋은 차.
歌吹(가취)……불러대는 노래와 음악 소리.
輕黃(경황)……새로 돋는 풀싹의 색깔.
柳條(유조)……버들가지.
少年春(소년춘)……소년시절에 맞이한 마냥 즐겁기만 한 봄철.

放言(방언) 一

세도의복도무정 진망견전졸미휴 화복회환거전곡
世途倚伏都無定 塵網牽纏卒未休 禍福迴還車轉轂

영고반복수장구 구령미면고장환 마실응무절족우
榮枯反覆手藏鉤 龜靈未免刳腸患 馬失應無折足憂

불신군간혁기자 수영수대국종두
不信君看弈棋者 輸贏須待局終頭

【譯】

세간의 화복(禍福) 모두 정해진 바 없고

속세의 얽히고설킨 일들 그칠 바가 없는데

화와 복이 돌고 도는 것은 수레바퀴와 같으며

영화와 멸망 변하는 것이 장구(藏鉤) 놀이와 같네.

거북은 신령해서 점치는 데 쓰이니 창자가 찢기고

새옹(塞翁)의 말이 없었다면 아들의 다리도 부러지지 않았을 것을

내 말 믿지 못하거든 바둑과 장기 두는 자를 보게

승부는 대국이 끝나지 않으면 알 수 없지 않나.

【註】

放言(방언)……다른 사람의 생각을 하지 않고 자기 마음대로 하는 말.

世途(세도)……세간 일체의 행동과 상태. 세로(世路)와 같음.

倚伏(의복)……화복. 노자가 말하기를 “화(禍)는 복이 의(倚)하는 곳, 복은 화가 복(伏)한 곳.”이라고 한 데서 나온 말.

塵網(진망)……속세(俗世). 사람은 티끌과 같은 세상 속에 살면서 빠져나갈 수가 없으므로 망(網)으로 비유해서 표현함.

牽纏(견전)……얽히고설키다.

藏鉤(장구)……손에 반지를 들고 두 조로 나누어 상대가 가진 것을 맞추는 놀이. 맞추면 공수가 바뀐다.

刳腸(고장)……창자를 도려내다.

馬失(마실)……말에서 떨어지다. 새옹(塞翁)의 말 고사를 인용한 말.

奕棋(혁기)……바둑을 두다.

局終頭(국종두)……장기나 바둑을 다 두다.

放言(방언) 二

증군일법결호의 불용찬구여축시 시옥요소삼일만
贈君一法決狐疑 不用鑽龜與祝蓍 試玉要燒三日滿

변재수대칠년기 주공공구류언일 왕망겸공미찬시
辯材須待七年期 周公恐懼流言日 王莽謙恭未簒時

향사당초신편사 일생진위부수지
向使當初身便死 一生眞僞復誰知

【譯】

그대에게 의심나는 사람을 감별하는 법을 알려 드리리라.

거북의 등껍질이나 점치는 산가지를 사용하지 말고 세월을 기다리게.

옥을 감별하는 데는 삼 일이나 굽지 않으면 아니 되고

좋은 목재를 구별하는 데는 칠 년을 기다려야 하네.

주공(周公)도 유언비어를 두려워했고

왕망(王莽) 같은 간사한 자도 거사 전에는 겸손한 척했으니

처음에 이 두 사람이 죽었다고 한다면

그들 생애의 진실한 바를 누가 알 수 있었으랴.

【註】

狐疑(호의)……여우는 의심이 많은 동물이므로, 이를 비유해서 사람이 무슨 일을 할 때 망설이는 것을 호의(狐疑)라고 한다.

鑽龜(찬구)……거북의 등껍질을 불에 태워 그것이 갈라지는 것을 보고 치는 점.

祝蓍(축시)……점을 칠 때 쓰는 시초(蓍草) 또는 산가지.

試玉(시옥)……옥이 진품인지 가짜인지 감별하는 것. 불에 구워 본다.
辯材(변재)……재목(材木)의 좋고 나쁨을 감별하는 것.
周公(주공)……주(周)의 문왕(文王)의 아들. 무제(武帝)의 동생. 형이 죽은 뒤 어린 성왕(成王)의 섭정이 되었으나 세 사람의 형제가 참언해서 주공(周公)이 왕위를 엿본다고 모함해서 섭정에서 은퇴시켰다. 뒤에 그의 충성이 다시 인정되어 참언이 사실이 아니라는 것이 밝혀졌다.
王莽(왕망)……한(漢)의 외척. 한의 애제(哀帝)와 평제(平帝) 때, 겸손한 체하면서 인망을 얻어, 평제(平帝)를 죽이고 어린 영(嬰)을 왕으로 옹립한 뒤, 다시 그를 폐하고 자신이 제위(帝位)에 올라 국호를 신(新)으로 한 인물.

放言(방언) 三

수 가 제 댁 성 환 파　하 처 친 빈 곡 부 가　작 일 옥 두 감 자 수
誰家第宅成還破　何處親賓哭復歌　昨日屋頭堪炙手
금 조 문 외 호 장 라　북 망 미 생 류 한 지　동 해 하 증 유 정 파
今朝門外好張羅　北邙未省留閑地　東海何曾有定波
막 소 천 빈 과 부 귀　공 성 고 골 량 여 하
莫笑賤貧誇富貴　共成枯骨兩如何

【譯】

누구의 저택인지 몰라도 낙성했나 했더니 벌써 망가지고
어디서는 친지들의 죽음을 곡한다 했더니 다시 즐겨 노래 부르네.
어제까지 아주 권세가 등등했던 세도가 집 앞에
오늘은 문 앞에 새 그물을 치기에 알맞고
북망산(北邙山) 묘지에는 항상 빈터가 없으며
동해(東海)에는 계속 끝없이 파도 밀려오니
빈천을 비웃지 말고 부자를 자만하지 말게
죽어서 뼈만 남으면 모두가 같은 것이 아닌가.

【註】

第宅(제댁)……저택(邸宅). / 堪炙手(감자수)……세력이 아주 강한 것.
屋頭(옥두)……집. 두(頭)는 조사(助詞)로서 뜻이 없음.
門外好張羅(문외호장라)……문 밖에 새 그물을 쳐도 좋다는 말은 세력이 없어지면 찾아오는 사람이 없다는 뜻.
北邙(북망)……북망산(北邙山). 낙양(洛陽) 북쪽에 있는 산으로 망산(芒山), 북산(北山)이라고 하며, 후한(後漢)이래 묘지로 유명하다.
閑地(한지)……공지(空地).

秋雨中贈元九(추우중증원구)

불 감 홍 엽 청 태 지　우 시 량 풍 모 우 천
不堪紅葉青苔地　又是涼風暮雨天
막 괴 독 음 추 사 고　비 군 교 근 이 모 년
莫怪獨吟秋思苦　比君校近二毛年

【譯】

단풍 떨어지고 푸른 이끼 낀 땅 차마 볼 수 없고
거기에다 가을바람 불고 비 내리며 저무는 하늘.
홀로 가을의 괴로움 읊은 것 이상하게 생각 말게.
그대보다 조금 더 반백이 되는 나이에 가깝다네.

【註】

元九(원구)……백락천의 친구 원진(元稹). 자는 미지(微之). 구(九)는 배행(排行) 또는 배행(輩行)이라고도 한다. 정원(貞元) 19년(803), 백락천과 함께 시판발췌과(試判拔萃科)에 응시해서 수석으로 합격하였다.

不堪(부감)……견딜 수가 없다.

比君(비군)……그대 보다.

二毛年(이모년)……이모(二毛)란 백발이 시작되는 나이를 말하며, 32세를 뜻한다.

首夏同諸校正遊開元觀因宿翫月
(수하동제교정유개원관인숙완월)

아 여 이 삼 자 책 명 재 경 사 관 소 무 직 사 한 어 위 객 시
我與二三子 策名在京師 官小無職事 閑於爲客時
침 침 도 관 중 심 상 기 재 자 도 문 거 마 회 입 원 건 장 수
沉沉道觀中 心賞期在玆 到門車馬廻 入院巾杖隨
청 화 사 월 초 수 목 정 화 자 풍 청 신 엽 영 조 련 잔 화 지
清和四月初 樹木正華滋 風淸新葉影 鳥戀殘花枝
향 석 천 우 청 동 남 여 하 피 치 주 서 랑 하 대 월 배 행 지
向夕天又晴 東南餘霞披 置酒西廊下 待月盃行遲
수 유 금 백 생 야 여 오 도 기 광 화 일 조 요 누 전 상 참 차
須臾金魄生 若與吾徒期 光華一照耀 樓殿相參差
종 야 청 경 전 소 가 부 지 피 장 안 명 리 지 차 흥 기 인 지
終夜清景前 笑歌不知疲 長安名利地 此興幾人知

【譯】

나는 두서넛의 자식과 함께
관직에 종사하며 장안에 있는데
관직이 낮아 하는 일도 없어
객지에 있을 때보다 더 한가롭네.
깊숙한 도교사원을
구경하는 마음으로 지내 왔는데
문까지 와서 차마(車馬)를 돌려
두건을 쓰고 지팡이 짚고 들어가니
사월 초의 날씨는 맑고 화창하며

수목에는 많은 꽃이 피어 있네.
싱그러운 잎에는 바람이 불고
새들은 남은 꽃가지에서 울고 있는데
저녁이 되니 하늘도 또한 맑아져
동남쪽에 덮인 노을도 걷히네.
서쪽 낭하에 주연을 벌였으나
달 뜨기 기다려 잔 돌리기도 느긋한데
잠시 뒤 달이 떠서
마치 우리와 만나려 한 것같이
밝은 빛 한 번 비추니
전각의 고저가 가지각색이네.
밤을 새워 맑은 경치 앞에
웃으며 노래하며 피로한 줄도 몰라
장안(長安)은 명리(名利)의 고장이나
이런 즐거움 그 몇이나 알리.

【註】

首夏(수하)……음력 4월.
校正(교정)……교서랑(校書郞).
開元觀(개원관)……백락천 당시 있었던 한 도관(道觀)의 이름.
策名(책명)……이름을 신적(臣籍)에 올림. 즉 신하가 됨.
職事(직사)……관리로서 하는 일.
沉沉(침침)……궁전의 깊숙한 모양.
淸和(청화)……음력 4월. 초하의 기후는 맑고 화창하다는 뜻에서 생긴 말.
金魄(금백)……하늘의 달을 달리 이르는 말.
參差(참차)……높고 낮고 크기가 같지 않은 모양.

三月三十日題慈恩寺(삼월삼십일제자은사)

자 은 춘 색 금 조 진　진 일 배 회 의 사 문
慈恩春色今朝盡　盡日徘徊倚寺門
추 창 춘 귀 류 부 득　자 등 화 하 점 황 혼
惆悵春歸留不得　紫藤花下漸黃昏

【譯】

자은사의 봄 경치 보는 것도 오늘 아침이 마지막이니
종일토록 절의 문 부근을 배회하였네.
슬프게도 가는 봄을 잡아둘 수 없는데
보랏빛 등꽃 아래 점점 황혼이 물드네.

【註】

三月三十日(삼월삼십일)……음력으로는 3월의 마지막 날이며, 봄이 끝나는 날.

慈恩寺(자은사)……곡강(曲江) 북쪽에 위치한 절이며 거기 있는 칠중탑(七重塔)은 높이 300척인데, 현장(玄奘)이 세웠다고 한다. 당 태종 정관 22년에 황태자(고종)가 어머니를 위해 세운 절.

早春獨遊曲江(조춘독유곡강)

산 직 무 기 속　이 참 소 송 영　조 종 직 성 출　춘 방 곡 강 행
散職無羈束　羸驂少送迎　朝從直城出　春傍曲江行

풍 기 지 동 난　운 개 산 북 청　빙 소 천 맥 동　설 진 초 아 생
風起池東暖　雲開山北晴　冰銷泉脈動　雪盡草芽生

노 행 홍 초 탁　연 양 록 미 성　영 지 신 도 안　성 삽 욕 제 앵
露杏紅初析　煙楊綠未成　影遲新度雁　聲澁欲啼鶯

한 지 심 구 정　소 광 안 공 명　주 광 련 성 일　약 효 희 신 경
閑地心俱靜　韶光眼共明　酒狂憐性逸　藥效喜身輕

용 만 소 인 사　유 서 축 야 정　회 간 운 각 소　불 사 유 부 명
慵慢疏人事　幽棲逐野情　廻看芸閣笑　不似有浮名

【譯】

한직(閒職)이라 아무런 속박 없고
여윈 말은 송영(送迎)할 사람도 적으니
아침에 조정에서 나와 곧바로
봄 기운 가득한 곡강(曲江)으로 가네.
봄 바람이 연못 동쪽에서 따뜻하게 불고
구름 개인 종남산의 북쪽은 맑게 개였는데
얼음 녹아 샘물은 흘러가기 시작했고
눈이 다 녹으니 풀싹 돋아나는데
이슬 머금은 살구꽃 붉게 터져 나오고
안개 속의 버들은 아직 푸른 눈 나지 않았구나.
새로 날아온 기러기의 그림자는 적고
처음 울어대는 꾀꼬리의 소리는 아직 맑지 못하네.

한직에 있으니 마음은 고요하고
봄 경치와 더불어 눈도 밝아지는데
술에 취해 성질부리는 것 스스로 가엾게 생각하며
약의 효험으로 몸 가벼워짐을 기뻐하네.
게으른 탓으로 세상일 적당히 하고
조용히 살며 야인의 정취 따르니,
관청의 일 생각하면 웃음 저절로 나는데
수재의 평판 같은 것 모두가 거짓인 듯하다네.

【註】

早春(조춘)……음력 정월.
散職(산직)……한직(閒職).
羸驂(이참)……세 마리가 모는 마차. 여윈 말이 모는 마차.
直城(직성)……궁성 안에 숙직하는 곳.
山北(산북)……종남산(終南山)의 북쪽.
韶光(소광)……아름다운 봄빛.

西明寺牡丹花時憶元九(서명사모단화시억원구)

전 년 제 명 처　금 일 간 화 래　일 작 운 향 리　삼 견 모 단 개
前年題名處　今日看花來　一作芸香吏　三見牡丹開

개 독 화 감 석　방 지 로 암 최　하 황 심 화 반　동 도 거 미 회
豈獨花堪惜　方知老暗催　何況尋花伴　東都去未廻

거 지 홍 방 측　춘 진 사 유 재
詎知紅芳側　春盡思悠哉

【譯】

작년에 이름을 적은 곳

오늘 꽃을 보러 왔네.

한 번 교서랑(校書郎)이 된 이래

세 번 모란이 핀 것을 보았는데,

꽃이 지는 것만 애석한 것이 아니고

늙음이 숨어드는 것을 원통하게 여기는 거라네.

하물며 함께 꽃을 찾던 벗이

낙양(洛陽)으로 가서 아직 돌아오지 않으니

이 붉은 꽃 옆에서

봄이 다 가는 것을 슬퍼하고 있는지 알고나 있을까.

【註】

西明寺(서명사)……장안(長安) 연강방(延康坊)에 있으며 모란으로 유명한 명소.

題名處(제명처)……진사에 급제한 해, 급제한 자들이 모두 함께 이름을 적은 곳.

芸香吏(운향리)……운각(芸閣), 즉 비서성(秘書省)의 관속. 교서랑(校書郎).
三見(삼견)……세 번이나 보다.
尋花伴(심화반)……함께 꽃구경을 하던 벗.
東都(동도)……낙양(洛陽).
悠哉(유재)……시름에 찬 모양.

送王十八歸山寄題仙遊寺(송왕십팔귀산기제선유사)

증어태백봉전주 삭도선유사이래 흑수징시담저출
曾於太白峯前住 數到仙遊寺裏來 黑水澄時潭底出

백운파처동문개 임간난주소홍엽 석상제시소록태
白雲破處洞門開 林間煖酒燒紅葉 石上題詩掃綠苔

추창구유무복도 국화시절선군회
惆悵舊遊無復到 菊花時節羨君廻

【譯】

그 옛날 태백봉(太白峯) 앞에 살았을 때
가끔 선유사(仙遊寺)에 갔는데
거기 검은 연못 물 맑아질 땐 바닥이 보이고
백운(白雲)이 걷힐 때 동문(洞門)이 보였네.
숲 속에서 술을 데우느라 홍엽(紅葉)을 때고
돌 위에 이끼 걷고 시를 적기도 했는데
슬프게도 옛날 놀던 그곳에 갈 수가 없어
국화 피는 계절에 그대 거기 가는 것 부럽구나.

【註】

王十八(왕십팔)……왕질부(王質夫). 백락천이 충주(忠州) 자사(刺史)로 있을 때 군에 가서 전사했다. 백락천과는 친교가 있었다.

寄題(기제)……멀리서 시를 보내서 제목을 정한다.

仙遊寺(선유사)……중국 주옥현(盩厔縣) 깊은 산속에 있던 절.

太白峯(태백봉)……태일(太一), 태을(太乙)이라고도 하는 진령(秦嶺)산맥 가운데 빼어난 봉우리.

黑水(흑수)……시경 우공(禹貢)에 나오는 강 이름으로 태일(太一) 가까이에 있었다. / 惆悵(추창)……슬퍼하다.

天可度(천가도)

천가도 지가량 유유인심불가방 단견단성적여혈
天可度 地可量 唯有人心不可防 但見丹誠赤如血

수지위언교사황 권군엄비군막엄 사군부부위참상
誰知僞言巧似簧 勸君掩鼻君莫掩 使君夫婦爲參商

권군철봉군막철 사군부자위시랑 해저어혜천상조
勸君掇蜂君莫掇 使君父子爲豺狼 海底魚兮天上鳥

고가사혜심가조 유유인심상대시 지척지간불능료
高可射兮深可釣 唯有人心相對時 咫尺之間不能料

군불견리의부지배 소흔흔 소중유도잠살인
君不見李義府之輩 笑欣欣 笑中有刀潛殺人

음양신변개가측 불측인간소시진
陰陽神變皆可測 不測人間笑是瞋

【譯】

하늘도 가히 헤아릴 수 있고

땅도 가히 헤아릴 수 있으나

오직 사람의 마음만은 먼저 알아 방비할 수 없네.

다만 보기에는 일편단심 붉은 피와 같으나

누가 알리, 생(笙)의 혀와 같이 교묘하게 거짓말 잘하는 자.

그래서 그대에게 코를 가리라 해도 가리지 말라.

그대들 부부를 길이 갈라놓아 버리려 하네.

그대에게 벌을 잡으라고 해도 그대 잡지 말게.

그대 부자를 이리와 같이 서로 물고 뜯게 하려 하네.

바다 밑에 고기와 하늘 위에 새

높이 날면 활로 쏘고 깊이 있으면 낚시로 잡지만
오직 사람의 마음만은 서로 대할 때
바로 앞에 있어도 짐작할 수 없다네.
그대 보지 못했는가, 이의부(李義府)의 무리들.
웃고 있지만
웃음 가운데 사람을 죽이는 칼이 숨어 있는 것.
음양의 신령함이 변하는 것 모두 알 수 있으나
사람의 웃음이 사실은 노여움이라는 것 알 수가 없네.

【註】

天可度(천가도)……거짓말을 잘하는 사람을 빙자해서 만든 백락천의 시.
丹誠(단성)……단심(丹心). 진심(眞心).
簧(황)……생(笙)의 혀.
掩鼻(엄비)……한비자(韓非子)에 있는 왕형(王荊)의 부인 정수(鄭袖)의 고사. 새로 왕을 모시게 된 미녀에게 코를 가리도록 권하고, 왕으로 하여금 그 코를 가린 자는 왕을 저주하는 자이니 코를 자르도록 만들어 미녀를 죽게 했다 한다.
參商(참상)……참성(參星)과 상성(商星)은 서로 만날 수가 없는 법인데, 이것으로서 정다운 사람들의 이별을 표현한다.
掇蜂(철봉)……금조(琴操)에 있는 윤백기(尹伯奇)의 고사. 아버지 후처의 계략으로, 그녀의 깃에 붙은 벌을 잡는 것을 아버지가 보고 후처에게 손을 대는 것으로 오인 받고 집에서 쫓겨났다.
豺狼(시랑)……이리와 같이 탐욕하고 잔혹한 것.
咫尺(지척)……아주 가까운 거리.
李義府(이의부)……당(唐) 고종(高宗) 때 재상. 음흉하여 소중유도(笑中有刀)라고 일컬어졌다.
神變(신변)……사람의 지식으로는 알 수 없는 신비로운 일.
瞋(진)……눈을 흘기다. 성을 내다.

讀鄧魴詩(독등방시)

진 가 다 문 집　우 취 일 권 피　미 급 간 성 명　의 시 도 잠 시
塵架多文集　偶取一卷披　未及看姓名　疑是陶潛詩

간 명 지 시 군　측 측 령 아 비　시 인 다 건 액　근 일 성 유 지
看名知是君　惻惻令我悲　詩人多蹇厄　近日誠有之

경 조 두 자 미　유 득 일 습 유　양 양 맹 호 연　역 개 빈 성 사
京兆杜子美　猶得一拾遺　襄陽孟浩然　亦開鬢成絲

차 군 량 불 여　삼 십 재 포 의　탁 제 록 불 급　신 혼 처 미 귀
嗟君兩不如　三十在布衣　擢第祿不及　新婚妻未歸

소 년 무 질 환　합 사 어 로 기　천 불 여 작 수　유 여 호 문 사
少年無疾患　溘死於路岐　天不與爵壽　唯與好文詞

차 리 물 부 도　교 력 불 능 추
此理勿復道　巧曆不能推

【譯】

먼지 쌓인 서가에 많은 문집 있는데
우연히 한 권 펼쳐 보고
저자의 이름은 보기 전에는
도연명의 시인가 의심을 했고
이름 보고야 그대의 시라는 것 알고
나를 매우 슬프게 하였네.
시인은 재앙을 많이 당하는데
근래에도 진실로 이 같으니
경조(京兆)의 사람 두보(杜甫)는
그래도 습유(拾遺)라는 벼슬 얻었고

양양(襄陽)의 맹호연(孟浩然)은

또한 백발의 수명 받았는데

아아, 그대는 두 사람과 같지 않고

삼십 살인데도 관직 없는 백수.

급제는 했어도 녹을 받지 못하였고

약혼을 했어도 처는 아직 아니 오며,

젊은 나이에 병이 없는데도

여행 중에 급사하니

하늘은 벼슬과 수명을 주지 않았고

오직 좋은 글재주만 주었구나.

이런 이치 더 말하지 않으려는데

빼어난 점쟁이도 미리 알지 못했으니.

【註】

塵架(진가)……먼지 쌓인 서가(書架).
陶潛(도잠)……도연명(陶淵明).
惻惻(측측)……슬퍼하는 모양.
蹇厄(건액)……재난(災難). 액난(厄難). / 京兆(경조)……장안(長安).
杜子美(두자미)……두보(杜甫).
孟浩然(맹호연)……성당(盛唐) 때 시인.
鬢成絲(빈성사)……살쩍머리가 희게 되다. 장수하다.
布衣(포의)……서민(庶民). 관직이 없는 사람.
擢第(탁제)……급제(及第). 시험에 응해서 합격을 하다.
祿不及(녹불급)……봉록(俸祿)을 받지는 못했다.
歸(귀)…………시집을 가다. 시경 주남(周南)에 지자우귀(之子于歸)라고 있다.
溘死(합사)……급사하다. / 路岐(노기)……길이 갈라지는 곳.
爵壽(작수)……관직(官職)과 장수(長壽).
巧曆(교력)……운명의 선악을 잘 보는 사람.

寄江南兄弟(기강남형제)

분 산 골 육 련　추 치 명 리 견　일 분 진 애 마　일 범 풍 파 선
分散骨肉戀 趨馳名利牽 一奔塵埃馬 一汎風波船

홀 억 분 수 시　민 묵 추 풍 전　별 래 조 부 석　적 일 성 칠 년
忽憶分首時 憫默秋風前 別來朝復夕 積日成七年

화 락 성 중 지　춘 심 강 상 천　등 루 동 남 망　조 멸 연 창 연
花落城中地 春深江上天 登樓東南望 鳥滅煙蒼然

상 거 부 기 허　도 리 근 삼 천　평 지 유 난 견　황 내 격 산 천
相去復幾許 道里近三千 平地猶難見 況乃隔山川

【譯】

형제간에 서로 갈라져 그리워하며
명리(名利)에 끌려서 달리니
하나는 말을 타고 먼지 속을 달리고
하나는 배를 타고 풍파 따라가는데
갑자기 이별할 때 일 생각나는구나.
말 없이 가을바람 속에서 헤어졌는데
헤어진 이래 아침이 오고 저녁이 와
어언 칠 년이라는 세월 쌓였구려.
여기는 꽃이 지는 장안 서쪽의 연못
거기는 봄이 깊은 장강(長江) 위의 하늘
누각에 올라 동남쪽을 바라보니
새는 날아가 버리고 안개는 푸른데,
서로 떨어진 것 얼마인가 하면

이수로 근 삼천 리.
평지는 보기 어렵고
산과 강이 그 사이에 가로놓여 있네.

【註】

骨肉(골육)……부모형제.
趨馳(추치)……달리다. 뛰어다니다.
分首(분수)……이별하고 출발함.
憫默(민묵)……슬퍼서 말을 하지 못한다.

金鑾子晬日(금란자수일)

행 년 욕 사 십	유 녀 왈 금 란	생 래 시 주 세	학 좌 미 능 언
行年欲四十	有女曰金鑾	生來始周歲	學坐未能言
참 비 달 자 회	미 면 속 정 련	종 차 루 신 외	도 운 위 목 전
慚非達者懷	未免俗情憐	從此累身外	徒云慰目前
약 무 요 절 환	즉 유 혼 가 견	사 아 귀 산 계	응 지 십 오 년
若無夭折患	則有婚嫁牽	使我歸山計	應遲十五年

【譯】

나이 사십이 다 되어 가는데
딸을 낳으니 이름은 금란(金鑾).
태어나서 이제 첫돌
앉는 것은 배웠으나 아직 말을 못해.
부끄럽게도 나는 달자(達者)가 아니니
속인의 심정으로 귀엽지 않을 수 없네.
이제부터 이 아이에게 얽매이겠지만
눈앞에서 위로를 주겠지.
만일 요절(夭折)하는 일 없다면
시집 보낼 책임도 져야 하니까.
관직에서 사퇴하는 계획도
15년은 응당 늦어져야 하겠지.

【註】

金鑾(금란)……백락천의 딸 이름.
晬日(수일)……첫돌.
行年(행년)……넘은 나이.

周歲(주세)……만 일년. 주년(周年).
達人(달인)……도리에 통달한 사람.
累身(누신)……수고롭다.
歸山計(귀산계)……관직을 사퇴하고 고향으로 돌아가는 계획.

適意(적의)

십 년 위 려 객 　상 유 기 한 수 　삼 년 작 간 관 　부 다 시 소 수
十年爲旅客 常有飢寒愁 三年作諫官 復多尸素羞

유 주 불 가 음 　유 산 부 득 유 　개 무 평 생 지 　구 견 부 자 유
有酒不暇飮 有山不得遊 豈無平生志 拘牽不自由

일 조 귀 위 상 　범 여 불 계 주 　치 심 세 사 외 　무 희 역 무 우
一朝歸渭上 泛如不繫舟 置心世事外 無喜亦無憂

종 일 일 소 식 　종 년 일 포 구 　한 래 미 라 방 　삭 일 일 소 두
終日一蔬食 終年一布裘 寒來彌懶放 數日一梳頭

조 수 족 시 기 　야 작 취 즉 휴 　인 심 불 과 적 　적 외 부 하 구
朝睡足始起 夜酌醉卽休 人心不過適 適外復何求

【譯】

십 년간이나 나그네 되어
항상 주리고 시름에 가득 찼더니
삼 년 동안 간관(諫官)이 된 이래
또한 봉급 공짜로 타먹는 부끄러움 가득.
술이 있어도 마실 여가가 없고
산이 있어도 놀러 갈 수가 없으니,
어찌 평생의 소망 없으련만
속박되어 자유가 없는 몸.
그러나 위수(渭水)가에 돌아온 이래
물에 뜬 고삐 풀린 배와 같이
세상일에 마음 두지 않으니
기쁨도 근심도 다 없네.

종일 소박한 음식
일년 내내 옷 한 벌.
추위 다가오니 더욱 게을러지고
며칠 만에 한 번 머리를 빗으며,
아침엔 실컷 잔 뒤 일어나고
밤에 마시는 술도 취하면 그치는데,
사람의 마음에는 자유가 으뜸
그밖에 또 무엇을 더 구하리.

【註】

適意(적의)……마음대로 모든 일이 다 잘 되었다는 뜻.
諫官(간관)……좌습유(左拾遺).
尸素(시소)……시위소찬(尸位素餐)의 준말. 공짜로 봉급을 타먹는 것.
拘牽(구견)……속박되다.
泛(범)…………자유로운 모습.
蔬食(소식)……조잡한 음식.
終年(종년)……일년 내내.
布裘(포구)……험한 옷.
懶放(나방)……게으름을 피움.

歸田(귀전)

종전계이결 결의부하여 매마매독사 도보귀전려
種田計已決 決意復何如 賣馬買犢使 徒步歸田廬

영춘치뢰사 후우벽치여 책장전두립 궁친과복부
迎春治耒耜 候雨闢菑畬 策杖田頭立 躬親課僕夫

오문로농언 위가신재초 소시불로망 기보필유여
吾聞老農言 爲稼愼在初 所施不鹵莽 其報必有餘

상구봉왕세 하망비가저 안득방용타 공수이예거
上求奉王稅 下望備家儲 安得放慵惰 拱手而曳裾

학농미위비 친우물소여 갱대명년후 자의집리서
學農未爲鄙 親友勿笑予 更待明年後 自擬執犁鋤

【譯】

농사지을 계획 이미 다 결정되니
결심 또한 어떠한가?
말을 팔아 송아지 사서 부리고
걸어서 촌집에 돌아와
봄을 맞을 준비로 괭이와 쟁기 챙기고
비를 기다려 묵은 밭을 개간
지팡이 짚고 밭에 나가
몸소 종들에게 일을 지시하는데,
늙은 농부들의 말 들어 보니
농사일은 처음이 중요하며
처음 밭갈이에 힘써야만
그 보답이 충분하게 되어

위로는 나라에 세금도 내고
아래로는 집에 예비 식량도 저축된다 하네.

그러니 어찌 게으름 피울 수 있으며
손 모으고 긴 옷 입고만 있을 수 있나.
농사일 배우는 것은 천한 일 아니니
친구들이여, 나를 비웃지 말게.
내년이 되기를 기다려서
몸소 쟁기 들고 밭을 갈려 하네.

【註】

歸田(귀전)……시골로 돌아가다.
田廬(전려)……전원 속에 있는 작은 집.
耒耜(뇌사)……농기구.
菑畬(치여)……황무지를 개간한 초년의 밭을 여(菑), 이 년째의 밭을 여(畬), 삼 년째의 밭을 신전(新田)이라 한다.
稼(가)……농사(農事).
鹵莽(노망)……밭을 갈아 농사를 짓는 일.
慵惰(용타)……게으름을 피움.
拱手(공수)……손을 모으고 서서 아무 일도 아니함.
曳裾(예거)……긴 옷자락을 땅에 끌다.

自吟拙什因有所懷(자음졸십인유소회)

나 병 매 다 가 가 래 하 소 위 미 능 포 필 연 시 작 일 편 시
懶病每多暇 暇來何所爲 未能抛筆硯 時作一篇詩

시 성 담 무 미 다 피 중 인 치 상 괴 락 성 운 하 혐 졸 언 사
詩成淡無味 多被衆人嗤 上怪落聲韻 下嫌拙言詞

시 시 자 음 영 음 파 유 소 사 소 주 급 팽 택 여 아 부 동 시
時時自吟詠 吟罷有所思 蘇州及彭澤 與我不同時

차 외 부 수 애 유 유 원 미 지 적 향 강 릉 부 삼 년 작 판 사
此外復誰愛 唯有元微之 謫向江陵府 三年作判司

상 거 이 천 리 시 성 원 부 지
相去二千里 詩成遠不知

【譯】

게으름과 병으로 여가가 많은데
여가에 무엇을 하냐 하면
벼루와 붓 버릴 수 없어
가끔 시를 짓는데,
시를 지어도 담담하고 운치가 없어
많은 사람들의 비웃음 사네.
시 그 자체의 평판 그르치는 것이 아닐까 생각하고
또한 서툰 것이 싫어서
때때로 스스로 읊어 보고
읊은 뒤 여러 가지 생각을 하는데,
위소주(韋蘇州)와 도팽택(陶彭澤)은 존경하나
나와는 시대가 다른 것이 유감이고

그밖에 또한 누구를 사랑하는가 하면
오직 원미지(元微之)가 있는데,
그는 강릉부(江陵府)로 귀양을 가서
삼 년간은 판사(判司)로 지내야 하니
서로 이천 리를 떨어져 있어
시를 지어도 멀어서 알 수가 없네.

【註】

懶(나)……게으르다.
蘇州(소주)……중당(中唐)의 시인 위응물(韋應物). 소주(蘇州) 자사(刺史)였으므로 이렇게 부르기도 한다.
彭澤(팽택)……팽택(彭澤) 현령(縣令)을 지낸 도연명(陶淵明).
江陵府(강릉부)……지금의 호북성(湖北省) 지방.
判司(판사)……문서를 검열하는 관직.

得微之到官後書備知通州之事悵然有感
(득미지도관후서비지통주지사창연유감) 一

내서자세설통주 주재산근협안두 사면천중화운합
來書子細說通州 州在山根峽岸頭 四面千重火雲合

중심일도장강류 충사백주란관도 문예황혼박군루
中心一道瘴江流 蟲蛇白晝攔官道 蚊蚋黃昏撲郡樓

하죄견군거차지 천고무처문래유
何罪遣君居此地 天高無處問來由

【譯】

온 편지에 통주(通州)의 일 자세히 말하기를
고을은 산 밑 협곡 가까이에 있으며,
사면에는 몇 천 겹이나 붉은 구름이 둘러싸고
그 한 가운데 풍토병을 일으키는 강이 흐르는데,
백주에도 벌레와 뱀이 관도를 가로막고
저녁에는 모기와 해충이 관청을 내습.
그대 무슨 죄가 있어 이런 땅에 있게 되었나
하늘이 높아 그 이유 물어볼 수 없네.

【註】

微之到官(미지도관)……백락천의 친구 원진(元稹)이 통주(通州) 사마(司馬)가 되어 부임한 이래, 거기서 온 편지에 답한 글.
峽岸(협안)……협곡(峽谷) 사이의 언덕.
火雲(화운)……열기를 품은 더운 구름.
瘴江(장강)……풍토 병균을 품은 강. / 蚊蚋(문예)……모기와 해충.
郡樓(군루)……주청(州廳). / 來由(내유)……일이 발생한 이유.

得微之到官後書備知通州之事悵然有感 (득미지도관후서비지통주지사창연유감) 二

암잡전산만인여 인가응사증중거 인년리하다봉호
匼匝巓山萬仞餘 人家應似甑中居 寅年籬下多逢虎

해일사두시매어 의반매우장수위 미삽여전불해서
亥日沙頭始賣魚 衣斑梅雨長須熨 米澀畬田不解鉏

노력안심과삼고 이증수살리상서
努力安心過三考 已曾愁殺李尙書

【譯】

둘러싼 산꼭대기는 모두 만 길을 넘고
인가는 마치 시루 속에 있는 듯
인년(寅年)에는 울타리 곁에서 범 자주 만나고
해일(亥日)에는 강변에서 고기를 파네.
장맛비로 옷에 핀 곰팡이는 불 기운 들여야 하고
쌀이 없어 개간할 밭을 계속 일구어야 하는데,
직무에 충실하며 마음 편히 고찰(考察)에 통과하도록……
이미 옛날 이상서(李尙書)를 걱정시켰던 곳이니까.

【註】

匼匝(암잡)……둘러싸다.
萬仞(만인)……만 길. 매우 높다는 것을 뜻함.
甑(증)…………떡을 찌는 시루.
畬田(여전)……새로 개간한 땅.
亥日(해일)……사천(四川) 지방에서 정기적으로 열리는 장.
沙頭(사두)……강의 모래밭.

熨(위)……불로 천을 다리다.
三考(삼고)……관리가 3년마다 한 번씩 받는 상부기관의 감찰.
愁殺(수살)……걱정을 끼치다.

夜聞歌者(야문가자) [宿鄂州(숙악주)]

야 박 앵 무 주　추 강 월 징 철　인 선 유 가 자　발 조 감 수 절
夜泊鸚鵡洲 秋江月澄徹 鄰船有歌者 發調堪愁絶

가 파 계 이 읍　읍 성 통 부 인　심 성 견 기 인　유 부 안 여 설
歌罷繼以泣 泣聲通復咽 尋聲見其人 有婦顔如雪

독 의 범 장 립　빙 정 십 칠 팔　야 루 여 진 주　쌍 쌍 타 명 월
獨倚帆檣立 娉婷十七八 夜淚如眞珠 雙雙墮明月

차 문 수 가 부　가 읍 하 처 절　일 문 일 첨 금　저 미 종 불 설
借問誰家婦 歌泣何凄切 一問一沾襟 低眉終不說

【譯】

밤에 앵무주(鸚鵡洲)에 정박하니
가을 강변에 달은 밝고 맑은데,
이웃 배에 노래 부르는 자 있으나
곡조 처음부터 너무나 애절.
노래 다 부르고 이어서 우는데
우는 소리 잘 들리나 다시 목메어 울기도
그 소리 찾아가 그 사람 보니,
눈과 같이 흰 피부의 부인
홀로 돛대에 의지하여 서 있는데
아름다고 예쁜 십칠팔 세.
밤에 흘린 눈물 진주와 같은데
두 줄기 밝은 달빛 속에 흐르고 있네.

누구 집 부인인가 물어보고
노래도 울음같이 처절하네요, 하니
한 마디 물으면 눈물 한 방울
눈 내려뜨고 끝내 말을 않네.

【註】

鸚鵡洲(앵무주)……무창(武昌) 동남에 있는 주(洲). 후한 말 강하(江夏)의 태수(太守) 황조(黃祖)의 아들 사(射)를 여기서 만나게 된 어떤 사람이 그에게 앵무새를 바친 자가 있었는데, 그로 인해 앵무주라는 이름이 생겨났다.

娉婷(빙정)……아름다운 모양.

淒切(처절)……슬퍼하는 모양.

舟行(주행)

범영일점고 한면유미기 기문고설인 이행삼십리
帆影日漸高 閑眠猶未起 起問鼓枻人 已行三十里

선두유행조 취도팽홍리 포식기파사 관수추강수
船頭有行竈 炊稻烹紅鯉 飽食起婆娑 盥漱秋江水

평생창랑의 일단래유차 하황불실가 주중재처자
平生滄浪意 一旦來遊此 何況不失家 舟中載妻子

【譯】

해 높이 떠서 돛에 그늘이 들어도
한가롭게 자며 일어나지 않았는데,
일어나서 사공에게 물어보니
이미 아침에 삼십 리를 왔다 하네.

뱃머리엔 부엌이 마련되어 있어
쌀밥을 짓고 붉은 잉어 찌는데,
배 불리 먹고 일어나 서성이다가
가을 강물로 세수와 양치하네.

늘 세속을 떠나 강호에 놀고자 했는데
여기 와서 유람할 수 있게 되고
또한 가정도 무사할 수 있는 것은
배에 처자도 함께 타고 있으니까.

【註】

鼓枻人(고설인)……닻을 잡은 사람.

船頭(선두)……뱃머리

行竈(행조)……여행용 취사 솥.

婆娑(파사)……이리저리 서성이다.

盥漱(관수)……세수하고 양치질하다.

滄浪意(창랑의)……세간을 떠나 강호에 놀고자 하는 풍류의 마음.

望江州(망강주)

강 회 망 견 쌍 화 표　지 시 심 양 서 곽 문
江廻望見雙華表　知是潯陽西郭門
유 거 고 주 삼 사 리　수 연 사 우 욕 황 혼
猶去孤舟三四里　水煙沙雨欲黃昏

【譯】

강을 돌자 두 개의 화표(華表)가 바라보이니
여기가 심양(尋陽)의 서쪽 입구라는 것을 알았네.
이 배로는 아직도 삼사십 리 길이 남았으나
수면의 안개와 궂은 빗속에 해는 저무려 하네.

【註】

華表(화표)……마을과 길의 표식. 환표(桓表) 또는 표목(表木)이라고도 함.

潯陽(심양)……지금의 강서성(江西省) 북단에 있는 구강시(九江市). 당대(唐代)에는 심양현(潯陽縣), 구강군(九江郡)이었다.

初到江州(초도강주)

심 양 욕 도 사 무 궁　유 량 루 남 분 구 동　수 목 조 소 산 우 후
潯陽欲到思無窮　庾亮樓南湓口東　樹木凋疏山雨後
인 가 저 습 수 연 중　고 장 위 마 행 무 력　노 적 편 방 와 유 풍
人家低濕水煙中　菰蔣餧馬行無力　蘆荻編房臥有風
요 견 주 륜 래 출 곽　상 영 로 동 사 군 공
遙見朱輪來出郭　相迎勞動使君公

【譯】

심양(潯陽)에 도달하려 하니 감회가 무량.
시내는 유량루(庾亮樓) 남쪽 분수(湓水) 입구 동쪽.
수목은 겨울 산우(山雨) 뒤라서 시들어 있고
인가는 물안개 속에 잠겨 낮고 침침한데,
줄 풀을 먹은 여윈 말은 걷는 데도 힘이 없어
갈대와 억새를 엮어 만든 방에 누우니 바람이 들어오고,
아득히 멀리 붉은색 마차 성문으로 나가는 것은 보이니
태수님을 맞는다고 야단법석이네.

【註】

潯陽(심양)……지금의 강서성(江西省) 북단에 있는 구강시(九江市). 당대(唐代)에는 심양현(潯陽縣), 구강군(九江郡)이었다.
庾亮樓(유량루)……진(晋)의 명신 유량(庾亮)이 강주(江州)에 있을 때 세운 누각.
湓口(분구)……분수(湓水)가 양자강으로 들어가는 곳.
菰蔣(고장)……물가에 있는 풀들. / 餧馬(위마)……굶주린 말.
朱輪(주륜)……붉게 칠한 마차. / 勞動(노동)……몸을 수고로이 움직임.
使君公(사군공)……주군(州郡)의 장관을 사군(使君)이라 한다.

寄殷協律(기은협률)

오세우유동과일 일조소산사부운 금시주반개포아
五歲優游同過日 一朝消散似浮雲 琴詩酒伴皆抛我
설월화시최억군 기도청계가백일 역증기마영홍군
雪月花時最憶君 幾度聽雞歌白日 亦曾騎馬詠紅裙
오랑모우소소곡 자별강남갱불개
吳娘暮雨蕭蕭曲 自別江南更不開

【譯】

오 년 동안 느긋하게 함께 지냈으나
하루아침에 뜬구름같이 헤어지게 되었네.
금(琴)과 시와 술친구 모두가 나를 버리니
설월화(雪月花) 좋은 시절에 꼭 그대 생각나네.
전에는 몇 번이나 닭소리 들으며 백일(白日)을 노래했고
또한 말을 타도 홍군(紅裙)을 노래했는데,
오랑(吳娘)이 노래한 모우소소곡(暮雨蕭蕭曲)은
강남(江南)으로 이별한 뒤 다시 듣지 못하네.

【註】

寄殷協律(기은협률)……항주(抗州) 소주(蘇州)의 벗이던 협률랑(協律郎) 은(殷)에게 보내는 글.
五歲優游(오세우유)……5년간 함께 놈.
消散(소산)……헤어지다.
琴詩酒(금시주)……금(琴), 시(詩), 주(酒)를 삼우(三友)라고 함.
雪月花(설월화)……백락천이 좋아해서 삼우(三友)로 정한 눈과 달과 꽃.

祕省後廳(필생후청)

괴 화 우 윤 신 추 지 　동 섭 풍 번 욕 야 천
槐花雨潤新秋地 桐葉風翻欲夜天

진 일 후 청 무 일 사 　백 두 로 감 침 서 면
盡日後廳無一事 白頭老監枕書眠

【譯】

초가을 땅에는 비에 젖은 회화꽃 흩어졌고

해지려 하니 오동잎 바람에 흔들리고 있는데,

종일토록 청사 뒤에선 아무 할일 없어

백두의 늙은 감사 책 베고 졸고 있네.

【註】

祕省後廳(필생후청)…… 비서성 뒤편에 있던 초당에서 지은 작품.
槐花(괴화)……회나무 꽃.
盡日(진일)……종일(終日).
老監(노감)……늙은 감사.

過昭君村(과소군촌)

영주산무종 채운출무근 역여피주자 생차하루촌
靈珠產無種 彩雲出無根 亦如彼姝子 生此遐陋村

지려물난엄 거선입군문 독미중소질 종기어새원
至麗物難掩 遽選入君門 獨美衆所嫉 終棄於塞垣

유차희대색 개무일고은 사배세수거 부득유지존
惟此希代色 豈無一顧恩 事排勢須去 不得由至尊

백흑기가변 단청하족론 경매대북골 불반파동혼
白黑旣可變 丹青何足論 竟埋代北骨 不返巴東魂

참담만운수 의희구향원 연자화이구 단유촌명존
慘澹晚雲水 依稀舊鄉園 妍姿化已久 但有村名存

촌중유유로 지점위아언 불취왕자계 공이래자원
村中有遺老 指點爲我言 不取往者戒 恐貽來者冤

지금촌녀면 소작성반흔
至今村女面 燒灼成瘢痕

【譯】

진주(眞珠)는 종자 없이 생기고
오색 구름도 뿌리 없이 생기니,
역시 왕소군(王昭君)과 같은 저 미인
이 벽촌에서 태어났네.
그 아름다움 세상에 감추지 못하고
갑자기 간택되어 궁중에 들어가니
홀로 아름다워 모두에게 시기 받아
끝내 요새 밖 오랑캐에게 가게 되었네.

생각하면 절세의 미인이니
어찌 천자의 은총 받지 못할까만
일이 꼬여 부득이 떠났으나
천자의 뜻은 아니었다네.

흰 것을 검게도 할 수 있고
그림 따위 논할 것도 없는데
결국 그녀는 뼈를 대주(代州) 북쪽에 묻고
고향인 파동(巴東)에는 혼도 돌아오지 못했네.

쓸쓸한 저녁 구름과 강물의 빛
미인의 고향은 옛날과 다름없으나
아름다운 그녀의 자태는 이미 사라진 지 오래.
다만 소군촌(昭君村)이란 이름만 남아.

마을에 노인이
손가락으로 가리키며 내게 말하기를,
지난 일의 경계를 취하지 않으면
장래에 근심을 부르게 될 것이니
지금도 마을에선 여자 얼굴에
불로 지져 흉터를 남긴다고.

【註】

昭君村(소군촌)……왕소군(王昭君)이 태어난 마을.
姝子(주자)……미인(美人).
遐陋村(하루촌)……서울에서 멀리 떨어진 궁핍한 마을.

塞垣(새원)……성곽 저쪽의 만지(蠻地).
希代色(희대색)……절세의 미인.
事排(사배)……사건이 진행됨에 따라.
至尊(지존)……천자(天子).
丹靑(단청)……채색된 그림.
代北(대북)……옛날 중국의 대국(代國) 북쪽.
巴東(파동)……지금의 사천성(四川省) 동편.
慘澹(참담)……검고 채색이 되지 않은 모양.
依稀(의희)……그런 대로.
姸姿(연자)……아름다운 모양.
來者寃(내자원)……장래의 근심.
燒灼(소작)……불로 태우다.
瘢痕(반흔)……상처.

弄龜羅(농구라)

유질시륙세 자지위아구 유녀생삼년 기명왈라아
有姪始六歲 字之爲阿龜 有女生三年 其名曰羅兒

일시학소어 일릉송가시 조희포아족 야면침아의
一始學笑語 一能誦歌詩 朝戱抱我足 夜眠枕我衣

여생하기만 아년행이쇠 물정소가념 인의로다자
汝生何其晩 我年行已衰 物情少可念 人意老多慈

주미경수괴 월원종유휴 역여은애연 내시우뇌자
酒美竟須壞 月圓終有虧 亦如恩愛緣 乃是憂惱資

거세동차루 오안능거지
擧世同此累 吾安能去之

【譯】

질녀가 있는데 막 여섯 살
아구(阿龜)라는 애칭을 지었네.
딸이 있는데 생후 삼 년,
그 이름 일컬어 나아(羅兒).
하나는 웃고 말을 배우기 시작
하나는 노래와 시를 외우고,
아침엔 재롱으로 내 발을 잡고
밤에는 내 옷을 베개로 잠을 자네.
너는 왜 그리 늦게 태어났던가.
내 나이 이미 노쇠하기 시작.
정으로 어린 것을 염려하는데,
사람이 늙으면 사랑이 많아지는 법.

술맛이 좋으면 사람의 건강을 해치고
달이 둥글면 반드시 이지러지는 것.
마찬가지로 은애(恩愛)의 인연은
이 역시 번뇌의 근원.
온 세상에 이 인연은 피할 수 없으니
나 또한 어찌 이를 피해갈
수 있으리.

【註】

弄龜羅(농구라)……질녀인 백행간(白行簡)의 딸 아구(阿龜)와 강주(江州)에서 태어난 백락천의 외딸 나아(羅兒)를 희롱하는 작품.
笑語(소어)……웃고 말을 하고.
物情(물정)……인정(人情).
擧世(거세)……온 세상. 세상을 통틀어.

感情(감정)

중 정 쇄 복 완	홀 견 고 향 리	석 증 아 자 수	동 린 선 연 자
中庭曬服玩	忽見故鄉履	昔贈我者誰	東鄰嬋娟子
인 사 증 시 어	지 용 결 종 시	영 원 여 리 기	쌍 행 부 쌍 지
因思贈時語	持用結終始	永願如履綦	雙行復雙止
자 오 적 강 군	표 탕 삼 천 리	위 감 장 정 인	제 휴 동 도 차
自吾謫江郡	漂蕩三千里	爲感長情人	提攜同到此
금 조 일 추 창	반 복 간 미 이	인 척 리 유 쌍	하 증 득 상 사
今朝一惆悵	反覆看未已	人隻履猶雙	何曾得相似
가 차 부 가 석	금 표 수 위 리	황 경 매 우 래	색 암 화 초 사
可嗟復可惜	錦表繡爲裏	况經梅雨來	色黯花草死

【譯】

마당 가운데서 옷과 소지품 빛에 쬐다가
홀연 고향에서 가져온 신발을 발견.
옛날 이것을 내게 준 자 누구였을까?
동쪽 이웃에 살던 미인,
그리고 생각나는 것은 줄 때 한 말
"이걸 가져요! 일생의 신표로
길이 바라건대 신과 신발끈과 같이
어디를 가더라도 둘이서 가는 거라오."

내가 강주(江州)로 유배되어
삼천 리를 떠돌아다니게 되어도,
저 뜨거운 정의 미인 잊지 못해

여기까지 함께 갖고 왔는데,
오늘 아침 이를 보고 슬퍼져
거듭 보고 또 보며 그치지 못하네.

사람은 짝을 잃었는데 신발은 한 켤레!
나는 어찌 이 신발 같지 않는가?
가련하고 또한 애석하구나!
표면의 비단 이면에 놓은 자수
이에 매우(梅雨)를 지났으므로,
색은 검고 수놓은 화초는 죽었네.

【註】

服玩(복완)……의복과 일용하는 소지품.
嬋娟子(선연자)……미인.
結終始(결종시)……평생 변하지 말자는 약속.
履綦(이기)……신발끈.
漂蕩(표탕)……표류. 방황.
長情(장정)……깊은 정을 가진 사람.
惆悵(추창)……슬퍼하다.
人隻(인척)……홀로 남게 된 사람. 짝을 잃은 사람.

題故元少尹集後(제고원소윤집후)

유 문 삼 십 축 　축 축 금 옥 성 　용 문 원 상 토 　매 골 불 매 명
遺文三十軸 軸軸金玉聲 龍門原上土 埋骨不埋名

【譯】

남긴 글 삼십 축(軸).

축마다 금옥같이 귀한 말.

용문원상(龍門原上)의 흙은

뼈는 묻었어도 이름은 못 묻어.

【註】

元少尹(원소윤)……시인 원종간(元宗簡). 시는 700수가량, 부와 기타 문장은 769장을 남겼다.

遺文三十軸(유문삼십축)……30권 속에 시는 700수가량, 부와 기타 문장은 769장이 수록되어 있다.

龍門(용문)……원종간(元宗簡)의 묘지.

鄧州路中作(등주로중작)

소소수가림 추리섭반탁 막막수가원 추구화초백
蕭蕭誰家林 秋梨葉半坼 漠漠誰家園 秋韭花初白

노봉고리물 사아차행역 불귀위북촌 우작강남객
路逢故里物 使我嗟行役 不歸渭北村 又作江南客

거향도자고 제세종무익 자문파상평 하여간중석
去鄉徒自苦 濟世終無益 自問波上萍 何如澗中石

【譯】

누구네 집 숲인가 바람에 쓸쓸히 흔들리며
가을 배나무 잎 반만큼 찢어지고,
누구 집 정원인가 적막함 속에
가을 부추꽃 희게 피었네.
여행길에서 고향에 있던 것들 만나니
객지에 있는 나를 슬프게 하는데,
위수(渭水) 북쪽으로 돌아가지 못하고
다시 양자강 남쪽으로 가게 되니
고향집 떠나 일 없이 괴로울 뿐
세상을 구제하려는 생각 하나도 이루지 못하고
나 자신 파도 위에 부평초 같은 신세 되니
어찌 개울에 움직이지 않는 돌보다 나으리오.

【註】

鄧州路中作(등주로중작)……팽주(彭州) 가는 길에 지은 작품.
蕭蕭(소소)……나무가 바람에 흔들리는 모양.
漠漠(막막)……고요하며 아무 소리도 나지 않는 모양.
秋韭(추구)……가을 부추. / 渭北村(위북촌)……백락천이 은거한 마을.

제 3 장

達觀(달관)한 心性(심성)

傷宅(상택)

수가기갑제 주문대도변 풍옥중즐비 고장외회환
誰家起甲第 朱門大道邊 豐屋中櫛比 高牆外迴環

누루륙칠당 동우상련연 일당비백만 울울기청연
累累六七堂 棟宇相連延 一堂費百萬 鬱鬱起青烟

동방온차청 한서불능간 고당허차형 좌와견남산
洞房溫且清 寒暑不能干 高堂虛且迥 坐臥見南山

요랑자등가 협체홍약란 반지적앵도 대화이모단
繞廊紫藤架 夾砌紅藥欄 攀枝摘櫻桃 帶花移牡丹

주인차중좌 십재위대관 주유취패육 고유관후전
主人此中坐 十載爲大官 廚有臭敗肉 庫有貫朽錢

수능장아어 문이골육간 개무궁천자 인불구기한
誰能將我語 問爾骨肉間 豈無窮賤者 忍不救飢寒

여하봉일신 직욕보천년 불견마가댁 금작봉성원
如何奉一身 直欲保千年 不見馬家宅 今作奉誠園

【譯】

누구의 집인지 좋은 집을 짓는데
붉은 대문이 큰길가를 바라보고
아름다운 건물들이 빗살같이 늘어섰고
높은 담장은 밖을 두르고 있네.
겹겹이 싸인 예닐곱 채의 전당
그 용마루가 길게 이어졌고
한 채에 백만금도 넘을 집들에는
지붕에 뭉게뭉게 푸른 연기 피어오르네.

방은 겨울엔 따뜻하고 여름에는 시원해
추위도 더위도 침범하지 못하는데
높은 사랑방은 앞이 멀리 틔여
앉아서나 누워서나 남산을 볼 수 있고
회랑 둘레에는 보랏빛 등꽃의 시렁
섬돌 끼고 붉은 작약 핀 화단
그 가지 휘여잡고 앵두를 딸 수 있고
꽃 핀 채로 목단을 이식
주인은 이 가운데 앉았는데
십 년 동안 고관대작을 지냈던 사람
주방에는 고기 썩는 냄새가 나고
창고에는 돈을 꿴 끈이 썩네.
누가 내가 하는 말대로 물어보지 않으려나.
그대의 친척 가운데는
어찌 매우 가난한 사람 없겠는가?
모질게도 그들의 가난 구해 주지 않고
어이하여 내 한 몸만을 위해
천년만년 길이 호강 누리자고 하는가.
그대 보지 못하는가！ 저 마(馬)씨의 집
지금은 몰락하여 봉성원(奉誠園)이 되어 버린 것을.

【註】

傷宅(상택)……진중음(秦中吟) 가운데 있는 노래.
甲第(갑제)……큰 저택.
朱門(주문)……부호와 대갓집에는 대문을 붉은 색으로 칠했다.
豐屋(풍옥)……큰 건물.

櫛比(즐비)……빗살과 같이 나란히 늘어선 많은 건물.
廻環(회환)……두르다.
累累(누루)……겹치는 모양.
棟宇(동우)……건물. 주역 계사(繫辭)에 상진하우(上陳下宇)라는 말이 있다.
鬱鬱(울울)……성한 모양.
青烟(청연)……푸른 안개.
洞房(동방)……그윽하고 깊은 방.
藤架(등가)……등나무를 올리는 시렁.
紅藥欄(홍약란)……붉은 꽃이 피는 작약.
櫻桃(앵도)……앵두. 벚나무의 열매를 말할 때도 있다.
貫朽錢(관후전)……엽전을 꿰는 끈이 썩는다.
骨肉(골육)……부모형제와 친척.
奉一身(봉일신)……자기 자신만을 위하는 것.
馬家(마가)……마수(馬燧), 마창(馬暢) 부자의 저택.
奉誠園(봉성원)……마수(馬燧)는 당 현종(玄宗) 때 무력이 있어 집이 부유했는데 그 아들 마창(馬暢) 대에 더욱 번창했다. 그러나 정원(貞元) 말, 집이 쇠퇴하게 되자 전답과 재산을 천자에게 상납하여 편히 살기를 구했다. 그가 죽자 그의 자손들은 '봉성원'이라는 이름으로 고친 구택(舊宅) 안에 살게 되었다. 세상 사람들은 마창(馬暢)의 예를 들어 부자들도 결국 망하게 된다는 것을 경계하는 보기로 삼았다.

不致仕(불치사)

칠 십 이 치 사 예 법 유 명 문 하 내 탐 영 자 사 언 여 불 문
七十而致仕 禮法有明文 何乃貪榮者 斯言如不聞

가 련 팔 구 십 치 타 쌍 모 혼 조 로 탐 명 리 석 양 우 자 손
可憐八九十 齒墮雙眸昏 朝露貪名利 夕陽憂子孫

괘 관 고 취 유 현 거 석 주 륜 금 장 요 불 승 구 루 입 군 문
挂冠顧翠緌 懸車惜朱輪 金章腰不勝 傴僂入君門

수 불 애 부 귀 수 불 련 군 은 연 고 수 청 로 명 수 합 퇴 신
誰不愛富貴 誰不戀君恩 年高須請老 名遂合退身

소 시 공 치 초 만 세 다 인 순 현 재 한 이 소 피 독 시 하 인
少時共嗤誚 晩歲多因循 賢哉漢二疏 彼獨是何人

적 막 동 문 로 무 인 계 거 진
寂寞東門路 無人繼去塵

【譯】

칠십에 관직을 사퇴하라고
예기(禮記)에 분명 적혀 있거늘
어찌하여 영예를 탐하는 자는
이런 말 못 들은 척하는가.
가련하게도 팔구십이 되어
이는 빠지고 두 눈은 흐려
아침 이슬 같은 덧없는 인생이 명리를 탐하고
지는 해 같은 신세인데 자손을 근심하며
관모 끈에 미련 있어 퇴직을 못하고
수레를 안 타려 하다가도 미련 버리지 못하네.

황금 도장 굽은 허리에 너무 무겁고
꼽추같이 궁전 문을 들어서는데
누가 부귀를 좋아하지 않으며
누가 임금의 은혜 그립지 않으리.
나이 많으면 모름지기 스스로 사퇴하고
명예가 이룩되면 물러나는 것이 옳은데
젊을 때는 늙은이 보고 함께 욕해 놓고도
늙어지면 대개 사퇴를 주저하네.

현명한 것은 한의 소광(疏廣)과 소수(疏受)
그 두 사람은 어떻게 했을까.
둘이 떠난 낙양의 동문 길은 적막했는데
아무도 그들 뒤를 사직하고 따르는 이 없었으니.

【註】

致仕(치사)……관직을 사퇴하다.
禮法有明文(예법유명문)……예기(禮記) 곡례(曲禮)에 '대부는 70에 치사(致仕)함.'이라고 있다.
朝露(조로)……아침 이슬과 같이 덧없는 인생.
夕陽(석양)……저무는 해처럼 가 버리는 허무한 인생.
掛冠(괘관)……관직을 사퇴한다는 뜻. 후한서 봉맹전(逢萌傳)에 왕망(王莽)은 그의 아들이 죽었을 때, 맹(萌)은 "삼강(三綱)이 무너졌다. 떠나지 않으면 그 화는 다른 사람에게도 미치리라." 하면서 관을 동도 성문에 걸어놓고 집으로 돌아가 요동(遼東)으로 갔다는 고사에서 나온 말.
翠緌(취유)……갓끈. 관을 벗고 관직에서 물러나려 해도 미련이 남는다는 뜻.
懸車(현거)……관직을 사퇴하는 것.

朱輪(주륜)……대관이 타는 수레. 한대(漢代)에는 주륜(朱輪)를 사용했다.
金章(금장)……고관이 사용하는 금인(金印).
傴僂(구루)……허리가 굽다.
請老(청로)……노년(老年)으로 관직을 사퇴함.
嗤誚(치초)……남을 욕하고 비방함.
因循(인순)……구습대로 따르며 고치지 아니함.
漢二疏(한이소)……한서(漢書) 소광전(疏廣傳)에, 선제(宣帝) 때 소광과 그의 족하 소수(疏受)는 태자를 가르쳐서 태자의 학문이 거의 경지에 이르게 되자, "공을 세우고 몸이 물러남은 천도(天道)이다." 하면서 병을 빙자해서 사직했다. 전송하는 사람들은 모두 "진실로 현명한 두 대부(大夫)."라고 했다.
東門(동문)……장안의 동문.
去塵(거진)……옛 사람이 일으킨 먼지.

輕肥(경비)

의기교만로 안마광조진 차문하위자 인칭시내신
意氣驕滿路 鞍馬光照塵 借問何爲者 人稱是內臣
주불개대부 자수혹장군 과부군중연 주마거여운
朱紱皆大夫 紫綬或將軍 誇赴軍中宴 走馬去如雲
준뢰일구온 수륙라팔진 과벽동정귤 회절천지린
罇罍溢九醞 水陸羅八珍 果擘洞庭橘 鱠切天池鱗
식포심자약 주감기익진 시세강남한 구주인식인
食飽心自若 酒酣氣益振 是歲江南旱 衢州人食人

【譯】

의기와 교만 떠는 폼 길에 넘치고
말 안장도 빛나 먼지조차 밝히는데
물어보세, 저 사람이 누구인가?
사람들 말하기를 내신(內臣)일 거라고
붉은 끈 단 자는 모두 대부(大夫)
보라 끈 단 장군도 혹 있어
군중 연회에 초청되는 것 자랑하며
구름같이 떼를 지어 말을 달리네.
연회 땐 술독에 좋은 술 넘치고
산해의 온갖 진미(珍味) 마련됐는데
과일은 동정호의 귤을 깐 것
회는 천지(天池)의 생선
배불리 먹으니 마음 마냥 편하고

술 취하니 기세가 더욱 등등

올해도 강남에는 가뭄이 심해

구주(衢州)에선 굶은 사람이 사람을 잡아먹는다는데.

【註】

輕肥(경비)……가벼운 가죽옷과 살찐 말이라는 뜻으로, 부귀한 사람들의 나들이 차림을 이르는 말.

光照塵(광조진)……위광이 빛나는 모양.

內臣(내신)……천자의 근신.

朱紱(주불)……당(唐)에서 오품 이상의 고관이 찬 붉은 인장 끈.

大夫(대부)……오품 이상의 중급관리.

紫綬(자수)……보랏빛 인장 끈.

軍中宴(군중연)……당(唐)에서는 내신(內臣)이 군을 감독했으므로 군에서는 내신에게 가끔 주연을 베풀었다.

如雲(여운)……구름같이 무리를 지음.

罇罍(준뢰)……술통.

九醞(구온)……명주(名酒). 구(九)는 많다는 뜻.

八珍(팔진)……팔진미(八珍味). 맛있는 많은 음식.

洞庭橘(동정귤)……소주(蘇州) 서쪽 태호(太湖) 가운데 있는 동정산(洞庭山)에서 생산되는 귤. 이 귤로 빚은 술을 동정춘색(洞庭春色)이라 한다.

自若(자약)……태연하게 있다.

衢州(구주)……지금의 절강성 서안(西安)을 중심으로 한 지방.

自江陵之徐州路上作寄兄弟
(자강릉지서주로상작기형제)

기로남장북 이우제여형 관하천리별 풍설일신행
岐路南將北 離憂弟與兄 關河千里別 風雪一身行
석숙로향몽 신장참려정 가빈우후사 일단념전정
夕宿勞鄉夢 晨裝慘旅情 家貧憂後事 日短念前程
연안번한저 상오취고성 수련척강자 서초망남형
煙雁翻寒渚 霜烏聚古城 誰憐陟岡者 西楚望南荊

【譯】

남과 북으로 가는 갈림길에서
형제가 헤어지는 것은 슬펐네.
관소(關所)와 강 넘어 천 리
풍설 속에 홀로 가는 이 몸
밤의 숙소에선 고행 꿈을 꾸고
아침에는 여행의 고달픔 통감하는데
집이 가난해서 뒷일도 걱정이고
해가 짧아 앞길도 염려되네.
안개 속에 기러기 추운 듯 물가를 날고
서리 맞은 까마귀 고성으로 모여드는데
서초(西楚)에서 남형(南荊)을 바라보며
언덕을 오르는 나를 누가 가엾다 생각하리.

【註】

江陵(강릉)……양자강 중류를 바라보는 강변의 도시.

岐路(기로)……헤어지는 갈림길.
離憂(이우)……이별의 슬픔.
關河(관하)……산하(山河)
前程(전정)……앞길. 앞으로 나아갈 여행 길.
陟岡者(척강자)……'언덕에 올라'라는 뜻. 시경(詩經) 위풍(魏風)에 나오는 말.
西楚(서초)……강릉(江陵)을 뜻함.

將之饒州江浦夜泊(장지요주강포야박)

명 월 만 심 포 明月滿深浦	수 인 와 고 주 愁人臥孤舟	번 원 침 부 득 煩寃寢不得	하 야 장 어 추 夏夜長於秋
고 핍 의 식 자 苦乏衣食資	원 위 강 해 유 遠爲江海游	광 음 좌 지 모 光陰坐遲暮	향 국 행 조 수 鄕國行阻脩
신 병 향 파 양 身病向鄱陽	가 빈 기 서 주 家貧寄徐州	전 사 여 후 사 前事與後事	개 감 심 병 우 豈堪心倂憂
우 래 기 장 망 憂來起長望	단 견 강 수 류 但見江水流	운 수 애 창 창 雲樹藹蒼蒼	연 파 담 유 유 煙波淡悠悠
고 원 미 처 소 故園迷處所	일 념 감 백 두 一念堪白頭		

【譯】

밝은 달이 깊은 포구에 가득한데
시름에 찬 사람 외로운 배에 누워 있네.
번민으로 잠 이루지 못하니
여름 밤도 마치 긴 가을 밤 같아
먹을 것 입을 것이 없어 고생이므로
멀리 양자강 연안을 여행하는 거라네.
세월은 앉은 채로 내게 나이 먹게 하고
고향은 갈수록 멀어만 가는데,
몸에 병이 들어 파양(鄱陽)을 향하니
가난한 가족은 서주(徐州)에 맡겨두고
지난 일과 앞으로의 일들
어찌 그 근심 견딜 수 있으리.

근심으로 일어나 멀리를 바라보니
다만 보이는 것은 흐르는 강물.
구름 속에 숲은 푸르게 우거지고
안개 속에 파도는 아득히 이어졌는데
고향은 어딘지 알 수도 없고
이런 생각만으로도 백발이 된다네.

【註】

饒州(요주)……백락천의 형이 부임하고 있는 임지.
愁人(수인)……시름에 차 있는 사람.
煩寃(번원)……괴롭고 고생스러운 것.
遲暮(지모)……점점 나이를 먹게 하다.
阻脩(조수)……멀리 떨어지다.
鄱陽(파양)……형의 임지인 부양(浮梁).
悠悠(유유)……끝이 없는 모양. 물이 끝없이 흐르는 모양.

及第後歸覲留別諸同年(급제후귀근류별제동년)

십년상고학 일상류성명 탁제미위귀 하친방시영
十年常苦學 一上謬成名 擢第未爲貴 賀親方始榮

시배륙칠인 송아출제성 헌거동행색 사관거리성
時輩六七人 送我出帝城 軒車動行色 絲管擧離聲

득의감별한 반감경원정 편편마제질 춘일귀향정
得意減別恨 半酣輕遠程 翩翩馬蹄疾 春日歸鄕情

【譯】

십 년 동안 항상 고학(苦學)하여
드디어 합격의 명예를 얻을 수 있었으나
급제만으로는 귀하게 된 것 아니고
어버이께 하례를 해야만 비로소 영광이라네.
동시에 합격한 동료 육칠 명
나를 장안 교외까지 전송해 주는데,
수레가 움직이기 시작하니
관현악은 이별의 곡을 연주하네.
뜻을 이루었으니 이별의 슬픔도 적고
반쯤 취해 먼 길도 괴롭지 않는데,
말발굽도 가볍게 달려가는
봄날의 귀향은 따사로운 정.

【註】

及第(급제)……정원(貞元) 16년 29세 때 백락천은 진사에 급제하였는데 그때 동시에 합격한 자는 모두 17명이며 그 가운데 최연소자였다.

歸覲(귀근)……부모 곁으로 돌아감.

留別(유별)……길을 떠나는 자가 전송하는 자에게 이별을 고하는 것.

一上(일상)……한 번 합격하다.

賀親(하친)……어버이에게 더욱 경사스러운 일.

行色(행색)……출발의 정경.

絲管(사관)……사죽관현(絲竹管絃). 악기.

半酣(반감)……반취(半醉).

翩翩(편편)……가볍게 달리는 모양.

春中與盧四周諒華陽觀同居
(춘중여로사주량화양관동거)

성정라만호상친 문항소조칭작린 배촉공련심야월
性情懶慢好相親 門巷蕭條稱作鄰 背燭共憐深夜月

답화동석소년춘 행단주벽수의병 운각관미불구빈
踏花同惜少年春 杏壇住僻雖宜病 芸閣官微不救貧

문행여군상초췌 부지소한대하인
文行如君尚憔悴 不知霄漢待何人

【譯】

우리는 성품이 게을러 서로 잘 친하며
이웃이 적적해 서로 사귀게 되었는데,
촛불 등지고 함께 심야의 달을 보기도 하고
낙화를 밟으며 함께 젊은 날의 봄 지나감을 아쉬워했네.
이 도교 사원은 후미져 요양하기 좋으나
비서성(秘書省)의 직분 낮아 가난을 구할 수 없으므로,
문행(文行)이 그대 같은 자도 역시 초췌하니
천자는 도대체 누구를 기다리고 있는 것일까.

【註】

華陽觀(화양관)……대종(代宗)의 제5녀 화양공주(華陽公主)를 기념하기 위해 777년에 건립한 도교 사원.

蕭條(소조)……외롭고 쓸쓸함. / 杏壇(행단)……도가(道家)의 수행 장소.

芸閣(운각)……한(漢)의 난대(蘭臺)는 장서를 하는 곳이며, 운향(芸香)으로 좀을 막았다. 그래서 당(唐)에서는 비서성(秘書省)을 운대(芸臺) 또는 운각이라 했다.

霄漢(소한)……하늘 끝. 천자(天子)를 일컬을 때도 있음.

病假中南亭閑望(병가중남정한망)

의침불시사	양일문엄관	시지리역신	불병부득한
欹枕不視事	兩日門掩關	始知吏役身	不病不得閑
한의부재원	소정방장간	서첨죽초상	좌견태백산
閑意不在遠	小亭方丈間	西簷竹梢上	坐見太白山
요괴봉상운	대차진중안		
遙愧峯上雲	對此塵中顏		

【譯】

병상에 누워 일을 하지 않으니
이틀간 문에 빗장을 걸었는데
비로소 관리는 근로자이며
병이 아니면 한가롭지 않다는 것 알았네.
한가로운 마음은 멀리 가는 것 아니고
이 작은 방안에 있기만 하면 되는 것.
서쪽 처마 밑에 난 대나무 위에는
앉아서 태백산(太白山)이 보이며
멀리 봉우리 위엔 구름이 걸렸는데
이들을 대하는 세속에 더럽혀진 얼굴.

【註】

病假(병가)……병으로 얻은 휴가.
關(관)……문의 빗장.
方丈(방장)……작은 방.
太白山(태백산)……종남산(終南山)의 별명.

官舍小亭閒望(관사소정한망)

풍죽산청운 연괴응록자 일고인리거 한좌재모자
風竹散清韻 煙槐凝綠姿 日高人吏去 閒坐在茅茨

갈의어시서 소반료조기 지차료자족 심력소영위
葛衣禦時暑 蔬飯療朝飢 持此聊自足 心力少營爲

정상독음파 안전무사시 수봉태백설 일권도잠시
亭上獨吟罷 眼前無事時 數峯太白雪 一卷陶潛詩

인심각자시 아시량재자 회사쟁명객 감종군소치
人心各自是 我是良在玆 迴謝爭名客 甘從君所嗤

【譯】

바람으로 대나무는 맑은 소리 내는데
안개 속 홰나무의 초록빛이 아름다워
한낮이 되자 관리는 자리를 떠나가서
한가롭게 초가집에 앉아 있네.
갈포 옷으로 더위를 막고
채소 반찬으로 아침 기갈도 면했으니
이 같은 생활로 만족하면서
마음과 몸이 힘들지 않아
정자 위에서 홀로 노래 부른 뒤엔
눈앞에 아무 것도 할 일이 없네.

태백산의 몇 봉우리엔 눈이 있고
책상엔 한 권 도연명의 시집

사람들은 그것을 옳은 일이라고 하나
내가 옳다고 생각하는 것은 여기에 있네.
돌이켜 명리를 다투는 자에게 이르노니
그대들의 비웃음에 맡겨 두자네.

【註】

淸韻(청운)……맑은 소리.
茅茨(모자)……갈대로 지붕을 이은 조잡한 집.
葛衣(갈의)……갈포로 만든 허름한 옷.
蔬飯(소반)……채소만 있는 조잡한 밥.
心力(심력)……정신과 체력.
陶潛(도잠)……도연명(陶淵明).
廻謝(회사)……뒤돌아보며 인사를 한다.

新栽竹(신재죽)

좌 읍 의 부 적　폐 문 추 초 생　하 이 오 야 성　종 죽 백 여 경
佐邑意不適　閉門秋草生　何以娛野性　種竹百餘莖
견 차 계 상 색　억 득 산 중 정　유 시 공 사 가　진 일 요 란 행
見此階上色　憶得山中情　有時公事暇　盡日繞欄行
물 언 근 미 고　물 언 음 미 성　이 각 정 우 내　초 초 유 여 청
勿言根未固　勿言陰未成　已覺庭宇內　稍稍有餘清
최 애 근 창 와　추 풍 지 유 성
最愛近窗臥　秋風枝有聲

【譯】

현위(縣尉)된 것이 마음에 들지 않아
문 닫고 있으니 가을 풀이 돋아나네.
무엇으로 야성(野性) 즐길까 하다가
대나무 백여 그루 심었는데
이 계단 위에 대나무 보고 있으니
산속에 있는 듯한 생각이 드네.
가끔 공무(公務) 일 여가에
종일토록 난간 가의 대나무 보며 다니니,
아직 뿌리가 굳지는 않아
그늘이 깊게 드리우지는 못했지만
이미 집과 정원 안에는
가지마다 풍기는 청량한 감 느껴지네.
가장 좋은 것은 창가에 누우면

가을바람이 가지에 소리를 내는 것.

【註】

佐邑(좌읍)……현위(縣尉). 현의 장관인 현령(縣令)을 보좌하는 관원.
盡日(진일)……종일(終日).
欄(난)……난간(欄干).
庭宇(정우)……정원과 집.

戲題新栽薔薇(희제신재장미)

이 근 역 지 막 초 췌　야 외 정 전 일 종 춘
移根易地莫憔悴　野外庭前一種春
소 부 무 처 춘 적 막　화 개 장 이 당 부 인
少府無妻春寂寞　花開將爾當夫人

【譯】

다른 곳에 이식해도 초췌해지지 말라.
야외도 정원도 같은 봄이니
현위(縣尉)는 처가 없어 쓸쓸하므로
꽃 피면 장차 너를 부인같이 대하리라.

【註】

移根(이근)……이식을 하다.
少府(소부)……위(尉)를 소부(少府), 소공(少公), 소선(少仙)이라고도 한다.

縣西郊秋寄贈馬造(현서교추기증마조)

자 각 봉 서 청 위 동 야 연 심 처 석 양 중 풍 하 로 섭 소 조 록
紫閣峯西淸渭東 野煙深處夕陽中 風荷老葉蕭條綠
수 료 잔 화 적 막 홍 아 염 환 유 군 실 의 가 련 추 사 량 심 동
水蓼殘花寂寞紅 我厭宦遊君失意 可憐秋思兩心同

【譯】

자각봉(紫閣峯) 서쪽 물 맑은 위수(渭水) 동쪽은

석양 속에 안게 깊은 들판,

바람에 흔들리는 늙은 연잎엔 아직도 몇 가닥 푸른 기운,

물 여뀌 남은 꽃엔 쓸쓸한 붉은 빛,

나는 관리 생활이 싫고 그대도 실의에 차

가을의 쓸쓸하고 외로운 마음 견딜 수 없네.

【註】

紫閣峯(자각봉)……장안(長安) 서쪽에 있는 한 산봉우리.
淸渭(청위)……맑은 위수(渭水).
水蓼(수료)……물속에 자라는 여뀌.
宦遊(환유)……관리로서 이리저리 전근 다니는 것.

百鍊鏡(백련경)

백련경 용범비상규 일진처소령차기
百鍊鏡 鎔範非常規 日辰處所靈且奇

강심파상주중주 오월오일일오시 경분금고마영이
江心波上舟中鑄 五月五日日午時 瓊粉金膏磨瑩已

화위일편추담수 경성장헌봉래궁 양주장사수자봉
化爲一片秋潭水 鏡成將獻蓬萊宮 揚州長史手自封

인간신첩불합조 배유구오비천룡 인인호위천자경
人間臣妾不合照 背有九五飛天龍 人人呼爲天子鏡

아유일언문태종 태종상이인위경 감고감금불감용
我有一言聞太宗 太宗常以人爲鏡 鑑古鑑今不鑑容

사해안위거장내 백왕치란현심중 내지천자별유경
四海安危居掌內 百王治亂懸心中 乃知天子別有鏡

불시양주백련동
不是揚州百鍊銅

【譯】

백 번이나 담금질해서 만든 거울이 있는데
주형(鑄型)은 보통의 것 아니고
해시계로 시간을 재며 만드는 곳도 이상한 곳
양자강 한가운데 파도 위에 뜬 배에서 만드는데
시간도 오월 오일 정오.
보석 가루와 금 기름으로 갈아서
가을 연못과 같은 한 조각이 되었는데
거울이 완성되자 봉래궁(蓬萊宮)에 바치려고

양주 도독 차관이 손수 함에 넣고 봉인을 하네.
이는 인간 세상 보통 사람들의 얼굴 비추는 것 아니며
뒤에는 구오(九五) 천자를 나타내는 비룡 모양이 있어
사람들은 모두 천자의 거울이라 부르지만
나는 태종 황제로부터 들은 말이 있는데
태종(太宗) 황제는 항상 사람을 거울로 삼고
옛일과 지금 일을 거울로 삼고 얼굴 비추는 거울 쓰지 않는다고

천하의 안전과 위험 손안에 쥐고
전대 백왕(百王)의 치란(治亂)을 마음속에 걸어두니
이에 천자에게는 보통 사람들과 다른 거울 있어
양주(揚州)에서 백 번 담금질한 동경(銅鏡)은 아니라네.

【註】

百鍊鏡(백련경)……백 번이나 단련해서 만든 금속제 거울.
鎔範(용범)……주형(鑄型).
常規(상규)……보통의 원형.
日辰(일진)……해시계. 해시계로 재는 시간.
處所(처소)……장소. 작업을 하는 장소.
靈且祇(영차지)……이상하고 신비롭다.
江心(강심)……강 한가운데.
五月五日(오월오일)……단오절(端午節). 중양절(重陽節).
日午時(일오시)……정오(正午).
瓊粉(경분)……보석의 가루.
金膏(금고)……황금색 기름.
磨瑩(마영)……갈다. 연마하다.
秋潭水(추담수)……맑은 가을 연못.
蓬萊宮(봉래궁)……대명궁(大明宮). 동내(東內).
長史(장사)……지방의 대도독(大都督)의 차관(次官).

九五飛天龍(구오비천룡)……주역의 중천건괘(重天乾卦)에 '구오(九五) 비룡재천(飛龍在天)'이라는 말에서 나왔으며 황제(皇帝)를 뜻함.

太宗(태종)……당(唐)의 제2대 황제. 이름은 세민(世民), 재위 627~649년이며, 연호는 정관(貞觀). 모범적인 선정을 했던 것으로 알려져 있다.

人爲鏡(인위경)……사람을 거울로 삼는다.

四海(사해)……천하(天下).

百王(백왕)……전대(前代)의 많은 황제(皇帝).

井底引銀甁(정저인은병)

정 저 인 은 병 은 병 욕 상 사 승 절 석 상 마 옥 잠
井底引銀甁 銀甁欲上絲繩絶 石上磨玉簪

옥 잠 욕 성 중 앙 절 병 침 잠 절 지 나 하 사 첩 금 조 여 군 별
玉簪欲成中央折 甁沈簪折知奈何 似妾今朝與君別

억 석 재 가 위 녀 시 인 언 거 동 유 수 자 선 연 량 빈 추 선 익
憶昔在家爲女時 人言擧動有殊姿 嬋娟兩鬢秋蟬翼

완 전 쌍 아 원 산 색 소 수 희 반 후 원 중 차 시 여 군 미 상 식
宛轉雙蛾遠山色 笑隨戱伴後園中 此時與君未相識

첩 롱 청 매 빙 단 장 군 기 백 마 방 수 양 장 두 마 상 요 상 고
妾弄靑梅憑短牆 君騎白馬傍垂楊 牆頭馬上遙相顧

일 견 지 군 즉 단 장 지 군 단 장 공 군 어 군 지 남 산 송 백 수
一見知君卽斷腸 知君斷腸共君語 君指南山松柏樹

감 군 송 백 화 위 심 암 합 쌍 환 축 군 거 도 군 가 사 오 륙 년
感君松柏化爲心 暗合雙鬟逐君去 到君家舍五六年

군 가 대 인 빈 유 언 빙 즉 위 처 분 시 첩 불 감 주 사 봉 빈 번
君家大人頻有言 聘則爲妻奔是妾 不堪主祀奉蘋蘩

종 지 군 가 불 가 주 기 나 출 문 무 거 처 개 무 부 모 재 고 당
終知君家不可住 其奈出門無去處 豈無父母在高堂

역 유 정 친 만 고 향 잠 래 갱 불 통 소 식 금 일 비 수 귀 부 득
亦有情親滿故鄕 潛來更不通消息 今日悲羞歸不得

위 군 일 일 은 오 첩 백 년 신 기 언 치 소 인 가 녀
爲君一日恩 誤妾百年身 寄言癡小人家女

신 물 장 신 경 허 인
愼勿將身輕許人

【譯】

우물 밑에서 은병을 끌어올리려는데
은병 올라오려 하는데 줄이 끊어졌네.
돌 위에 옥비녀를 가는데
옥비녀 다 되려 하는데 가운데가 부러졌네.
병이 가라앉고 비녀 부러진 것 어찌 할 수 없는 일인데
오늘 아침 임과 이별한 내 신세와 너무나 같네.
생각하니 옛날 친정에서 처녀로 있을 때
사람들은 모두 말하기를 행동거지 뛰어나다고
검은 양쪽 살쩍은 매미 날개 같다고
아름다운 두 눈썹은 먼 산의 짙은 색과 같다 했었네.

후원 중에 친구들과 웃으며 놀고 있었는데
그때는 아직 그대와 알지 못했을 때.
어느 날 내가 낮은 담에 기대어 청매 갖고 놀 때
그대는 백마 타고 수양버들 가에 와서
담 밑에 나와 말 위의 그대 멀리서 서로 보며
한눈에 곧 그대가 나를 좋아하게 된 것 알았네.
좋아하는 줄 알기에 함께 이야기를 했더니
그대는 남산(南山)의 송백(松柏)을 가리키며
송백과 같은 마음으로 변치 않고 사랑한다 하기에
갈라진 긴 머리 얹고 그대를 따라가서
그대 집에서 오륙 년을 사니
그대 집의 어른들이 자주 말씀 하시기를,
폐백 주고 맞이하면 처이고 그냥 데려오면 첩

감히 조상의 제사를 모시게 할 수가 없다고.

그래서 그대 집에서 살 수 없다는 것 알았으나
그 문을 나가도 갈 곳이 없으니 어떻게 하리.
어찌 우리 부모들 좋은 집에 살고 있지 않으며
또한 친척들도 고향에 많이 있으나
몰래 왔기에 그간 소식도 전하지 않았으니
오늘에 와서 슬프고 부끄러워 갈 수도 없는 일.
그대를 의지한 하룻밤의 풋사랑으로
내 백 년의 몸 그르쳤으니
세상에 어리석은 처녀들께 하고픈 말은
신중하게 자기 몸을 간직하며 경솔하게 남에게 맡기지 말라고.

【註】

井底引銀瓶(정저인은병)……처녀들의 철없는 행동을 경계하는 내용.
玉簪(옥잠)……옥으로 만든 비녀.
知奈何(지나하)……어찌하면 좋을지 알 수가 없다.
擧動(거동)……행실(行實). / 嬋娟(선연)……아름다운 모양.
秋蟬翼(추선익)……가을 매미 날개와 같이 투명하고 아름답다.
宛轉(완전)……아름다운 모양. / 戲伴(희반)……함께 놀던 벗.
弄靑梅(농청매)……푸른 매실의 열매를 갖고 놀다.
牆頭(장두)……담장 밑.
斷腸(단장)……애틋한 사랑의 표현. 슬픔을 표현할 때도 쓰임.
雙鬟(쌍환)……처녀의 양쪽으로 갈라진 머리. 이를 합쳐 하나로 하면 성인의 쪽머리가 된다.
舍(사)……머물러 살다. / 大人(대인)……어른들.
主祀(주사)……제사를 모시다.
奉蘋蘩(봉빈번)……연전에 제물을 바치다.
情親(정친)……정이 두터운 친척.

送春(송춘)

삼 월 삼 십 일　춘 귀 일 부 모　추 창 문 춘 풍　명 조 응 부 주
三月三十日　春歸日復暮　惆悵問春風　明朝應不住
송 춘 곡 강 상　권 권 동 서 고　단 견 박 수 화　분 분 부 지 수
送春曲江上　眷眷東西顧　但見撲水花　紛紛不知數
인 생 사 행 객　양 족 무 정 보　일 일 진 전 정　전 정 기 다 로
人生似行客　兩足無停步　日日進前程　前程幾多路
병 도 여 수 화　진 가 위 지 거　유 유 로 도 래　인 간 무 피 처
兵刀與水火　盡可違之去　唯有老到來　人間無避處
감 시 량 위 이　독 의 지 남 수　금 일 송 춘 심　심 여 별 친 고
感時良爲已　獨倚池南樹　今日送春心　心如別親故

【譯】

삼월 삼십 일
봄은 가려 하고 해 또한 지려 하니
시름 안고 봄바람에 물어 보네.
내일 아침에는 여기 있지 않을 거지?
봄을 곡강(曲江) 위에서 보내는데
아쉬워서 동쪽 서쪽 돌아다보니
다만 보이는 것은 물 위에 떨어지는 꽃
펄펄 날려 몇 개인지 그 수도 알 수 없어.

생각하니 인생이란 마치 나그네 길
두 발은 잠시도 멈추지 않으며
날마다 앞을 향해 나가지만

앞길은 얼마나 남아 있을까.
전쟁과 수화(水火)의 화는
모두를 피해 갈 수가 있지만
오직 늙음이 다가오는 것은
인간 세상에선 피할 길이 없네.

봄 가면 계절감이니 어찌할 수 없다 생각하고
홀로 곡강(曲江) 남쪽 나무에 기대서
오늘 이 봄을 보내는 마음
마치 친구를 보내는 마음과 꼭 같네.

【註】

惆悵(추창)……슬퍼하다.
曲江(곡강)……장안(長安)에 있는 연못의 이름.
眷眷(권권)……뒤돌아보다. 정중하고 공손하게 대접함.
紛紛(분분)……흐트러진 모양.
行客(행객)……길을 가는 나그네.
前程(전정)……앞길.
違(위)……피하다.
人間(인간)……인간 세상. 세간(世間).
親故(친고)……친척과 친구.

八月十五日夜禁中獨直對月憶元九
(팔월십오일야금중독직대월억원구)

은대금궐석침침 독숙상사재한림 삼오야중신월색
銀臺金闕夕沉沉 獨宿相思在翰林 三五夜中新月色
이천리외고인심 저궁동면연파랭 욕전서두종루심
二千里外故人心 渚宮東面煙波冷 浴殿西頭鍾漏深
유공청광부동견 강릉비습족추음
猶恐清光不同見 江陵卑溼足秋陰

【譯】

한림원(翰林院)도 황궁도 밤이 깊어 조용한데
홀로 한림원서 숙직하며 그대 생각하고 있네.
십오야 신월(新月)의 밝은 빛 아래
이천 리 밖 친구의 마음을 생각하는데,
초왕(楚王)의 저궁(渚宮) 동쪽은 안개도 파도도 냉랭하리라.
장안(長安) 욕당전(浴堂殿) 서쪽은 시각 알리는 종소리에 밤은 깊어 가는데,
혹시 그대는 이 밤의 맑은 달빛 안 보고 있지 않을까?
강릉(江陵)은 지대가 낮고 습기 많아 가을에도 구름 많으니.

【註】

八月十五日夜(팔월십오일야)……중추 만월이 뜨는 밤, 한림학사로 궁중에 숙직하며 원진(元稹)을 생각하며 지은 시.
銀臺(은대)……당(唐)의 궁성 문 이름. 한림원과 학사림이 그 곁에 있었다.
金闕(금궐)……천상에 있는 궁전. 천자가 있는 궁성.
沉沉(침침)……소리가 나직하여 들릴까말까 한 상태.

三五夜(삼오야)……십오야.
新月(신월)……막 뜨기 시작한 달.
渚宮(저궁)……옛날 초왕(楚王)의 별궁으로 강릉(江陵)에 있음.
浴殿(욕전)……장안(長安) 대명궁 안에 있는 욕당전(浴堂殿).
鍾漏(종루)……시각을 알리는 종소리와 시각을 재는 누각(漏刻).
秋陰(추음)……구름 낀 가을.

感元九悼亡詩因爲代答(감원구도망시인위대답)
一. 答謝家最小偏憐女(답사가최소편련녀)

가 득 량 홍 륙 칠 년　탐 서 애 주 일 고 면　우 황 춘 포 유 생 초
嫁得梁鴻六七年　耽書愛酒日高眠　雨荒春圃唯生草

설 압 조 주 미 유 연　신 병 우 래 연 녀 소　가 빈 망 각 위 부 현
雪壓朝廚未有煙　身病憂來緣女少　家貧忘却爲夫賢

수 지 후 봉 금 무 분　왕 향 추 풍 취 지 전
誰知厚俸今無分　枉向秋風吹紙錢

【譯】

양홍(梁鴻)에게 시집와서 육칠 년
이 사람 책과 술 좋아하며 늦잠을 즐기니
봄비가 밭을 거칠게 해서 오직 잡초만 무성
아침엔 눈이 주방 위에 쌓여 연기도 못 나가는 형편
병든 몸에 근심스러운 것은 딸이 어리기 때문이고
집이 가난해도 잊고 산 것은 남편이 어질기 때문.
지금은 봉급 높지만 내게 받을 복 없어
허망하게 가을바람이 지전(紙錢)에 부는 것만 보고 있네.

【註】

元九悼亡詩(원구도망시)……원진(元稹)은 처인 위총(韋叢)을 잃고 도망시(悼亡詩)를 지었다. 백락천은 망자의 입장이 되어 그 답시를 지었다.

答謝家最小偏憐女(답사가최소편련녀)……원진(元稹)은 도망시에서 처의 성을 사(謝)로 바꾸어 읊었다.

梁鴻(양홍)……후한 때 사람으로 처인 맹광(孟光)과의 애정이 깊기로 유명하다.

厚俸(후봉)……봉급이 많다.

無分(무분)……하늘이 정한 인연이 없다.

枉(왕)……일없이, 허망하게.

紙錢(지전)……종이로 만든 가짜 돈. 신불(神佛)과 망자(亡者)에게 태워주는 데 쓰인다.

感元九悼亡詩因爲代答(감원구도망시인위대답)
二. 答騎馬入空臺(답기마입공대)

군 입 공 대 거 　조 왕 모 환 래 　아 입 천 대 거 　천 문 무 부 개
君入空臺去 朝往暮還來 我入泉臺去 泉門無復開

환 부 잉 계 직 　치 녀 미 승 애 　적 막 함 양 도 　가 인 복 묘 회
鰥夫仍繫職 稚女未勝哀 寂寞咸陽道 家人覆墓回

【譯】

그대는 어사대(御史臺)로 들어가는데
아침에 가서 저녁에 돌아오지만
나는 묘 속에 들어가니
황천문 다시 열리지 않네.
홀아비인 그대 직무에 얽매이니
홀로 남은 어린 딸 슬픔 견딜 수 없어라.
아아! 적막한 함양(咸陽)의 길
집의 종들 묘의 문 닫고 돌아가네.

【註】

騎馬入空臺(기마입공대)……원진(元稹)의 도망시(悼亡詩) 가운데 공옥(空屋)이라는 시는 10월 14일이라는 주석이 있는데, 한퇴지(韓退之)의 위씨묘지(韋氏墓誌)에 따르면 위씨는 13일에 함양(咸陽)에 매장되었다. 이 시의 제2구가 '기마(騎馬) 운운'이라고 되었다.
空臺(공대)……별로 할일이 없는 낙양(洛陽)의 어사대(御史臺).
泉臺(천대)……분묘.
家人(가인)……집에서 부리는 하인.

感元九悼亡詩因爲代答(감원구도망시인위대답) 三. 答山驛夢(답산역몽)

입 군 려 몽 래 천 리　폐 아 유 혼 욕 이 년
入君旅夢來千里　閉我幽魂欲二年
막 망 평 생 행 좌 처　후 당 계 하 죽 총 전
莫忘平生行坐處　後堂階下竹叢前

【譯】

그대는 꿈속에 들어와 여행하는 천리 여기까지 왔으나
내가 죽어서 저승에 갇힌 지도 어언 이 년.
잊지 마세요, 살았을 때 내가 가고오고 앉았던 곳
후당(後唐) 계단 밑과 대나무 숲 앞.

【註】

山驛夢(산역몽)……원진(元稹)의 도망시(悼亡詩) 가운데 상산(商山) 역에서 꿈을 꾸고 지은 시에 화답하며 지은 시.
旅夢(여몽)……여행지에서 꾼 꿈.

自詠老身示諸家屬(자영로신시제가속)

수 급 칠 십 오　봉 점 오 십 천　부 처 해 로 일　생 질 취 거 년
壽及七十五　俸霑五十千　夫妻偕老日　甥姪聚居年

죽 미 상 신 미　포 온 환 고 면　가 거 수 호 락　권 속 행 단 원
粥美嘗新米　袍溫換故緜　家居雖濩落　眷屬幸團圓

치 탑 소 병 하　이 로 청 장 전　서 청 손 자 독　탕 간 시 아 전
置榻素屛下　移爐靑帳前　書聽孫子讀　湯看侍兒煎

주 필 환 시 채　추 의 당 약 전　지 분 한 사 료　파 배 향 양 면
走筆還詩債　抽衣當藥錢　支分閑事了　爬背向陽眠

【譯】

내 나이 75세
녹봉도 오만 금.
부부 회로하고
조카들도 함께 사네.
햅쌀로 쑨 죽 맛이 있고
솜을 바꾸니 겹옷도 따뜻하며
집은 넓어 아무 것도 없으나
친척과 함께 단란하게 살고 있네.

흰 병풍 앞에 걸상을 놓고
푸른 휘장 앞에 난로를 옮겨
자식과 손자의 책 읽는 소리 들으며
시동 차 끓이는 것 보고 있네.

붓을 날려 답시(答詩)를 쓰고
옷을 저당해서 약값 지불.
별것 아닌 일들 다 처리하고 나니
등 가려운 곳 긁고 양지에서 조네.

【註】

五十千(오십천)……오만 금.
故緜(고면)……묵은 솜.
濩落(호락)……텅 빈 모양.
團圓(단원)……친척이 모여 있는 것.
孫子(손자)……손자와 자식들.
侍兒(시아)……시동(侍童).
詩債(시채)……답시(答詩).
支分(지분)……처분(處分). 처리(處理).

昭國閑居(소국한거)

빈 한 일 고 기　문 항 주 적 적　시 서 방 조 참　천 음 소 인 객
貧閑日高起　門巷晝寂寂　時暑放朝參　天陰少人客

괴 화 만 전 지　근 절 인 행 적　독 재 일 상 면　청 량 풍 우 석
槐花滿田地　僅絶人行跡　獨在一床眠　清涼風雨夕

물 혐 방 곡 원　근 즉 다 견 역　물 혐 록 봉 박　후 즉 다 우 책
勿嫌坊曲遠　近卽多牽役　勿嫌祿俸薄　厚卽多憂責

평 생 상 념 광　노 대 의 안 적　하 이 양 오 진　관 한 거 처 벽
平生尚恬曠　老大宜安適　何以養吾眞　官閑居處僻

【譯】

가난하고 한가해서 늦게 일어나지만
문 밖은 낮인데도 한적.
더운 때라 조참(朝參)도 면제되고
일기 흐려 오가는 사람도 적네.
회화꽃 온 땅에 가득 떨어져
사람의 발자취도 보이지 않는데,
홀로 침상에 누워 자니
시원한 비바람이 불어오는 저녁
방곡(雱曲) 먼 것을 싫어하지 말게
가까우면 일이 많으니…….
녹봉 작은 것 싫어 말게
많으면 책임과 걱정 많을 것이니…….
평생토록 편안하고 밝았는데

늙어서는 더욱 편해야 하니
무엇으로 천품을 길러야 하냐 하면
관직이 한가롭고 주거가 먼 것으로.

【註】

放朝參(방조참)……조정에 출근하는 것이 면제됨.
髣曲(방곡)……시가지.
牽役(견역)……소를 부리는 것처럼 사람을 속박하는 것.
平生(평생)……옛날부터 지금까지.
恬曠(염광)……마음대로 하는 것.

洛下卜居(낙하복거)

삼 년 전 군 귀　소 득 비 금 백　천 축 석 량 편　화 정 학 일 척
三年典郡歸　所得非金帛　天竺石兩片　華亭鶴一隻

음 탁 공 도 량　포 과 용 인 석　성 지 시 로 비　기 나 심 애 석
飲啄供稻粱　包裹用茵席　誠知是勞費　其奈心愛惜

원 종 여 항 곽　동 도 락 양 맥　하 담 불 운 근　개 롱 전 상 핵
遠從餘杭郭　同到洛陽陌　下擔拂雲根　開籠展霜翮

정 자 불 가 잡　고 성 의 기 적　수 취 무 진 방　잉 구 유 수 댁
貞姿不可雜　高性宜其適　遂就無塵坊　仍求有水宅

동 남 득 유 경　수 로 한 천 벽　지 반 다 죽 음　문 전 소 인 적
東南得幽境　樹老寒泉碧　池畔多竹陰　門前少人跡

미 청 중 서 록　차 탈 쌍 참 이　개 독 위 신 모　안 오 학 여 석
未請中庶祿　且脫雙驂易　豈獨爲身謀　安吾鶴與石

【譯】

삼 년 동안 군을 다스리다 돌아오니
얻은 바는 금전이나 필묵이 아니고
천축(天竺)의 돌 두 조각과
화정(華亭)의 학 한 쌍
학에게는 먹을 모이를 주고
돌은 거적으로 잘 쌓네.
이것이 낭비라는 것은 알아도
그를 아끼는 마음 어찌 하리?
멀리 항주(抗州) 고을에서
낙양(洛陽)까지 갖고 왔네.

짐을 내리고 먼지를 털고
둥지를 열고 흰 날개 펴주니,
정숙한 자태 잡된 것은 비길 수 없고
돌의 고상한 성질 진실로 좋아라.

드디어 먼지 없는 동네를 찾고
연못 있는 집을 구했는데,
낙양 동남에 조용한 곳
노목이 있고 샘물 맑은 곳
연못가에 대나무 그늘 많으며
문전에는 다니는 사람도 적어.

아직 중서자(中庶子)의 봉급 타지 않아
잠시 말을 두 필 팔았는데,
이는 내 몸만을 위한 것이 아니고
학과 돌을 편히 하기 위함이라네.

【註】

洛下卜居(낙하복거)……항주(抗州) 자사를 그만두고 좌서자(左庶子)로서 낙양에 살게 되었을 때의 작품.

典郡(전군)……군수로서 군을 다스림.

天竺石(천축석)……천축(天竺)은 항주(抗州)의 서산(西山)이며, 거기에 절이 있다. 서산에서 갖고 온 돌.

華亭鶴(화정학)……화정(華亭)은 지금의 강소성(江蘇省) 송강현(松江縣) 평원촌(平原村)에 있는 계곡. 거기서 갖고 온 학.

稻粱(도량)……좋은 쌀.

茵席(인석)……거적.

餘杭(여항)……항주(抗州).
雲根(운근)……돌. 구름이 산에 닿으면 돌이 된다는 말이 있었다.
霜翮(상핵)……흰 날개.
中庶(중서)……관직명.
雙驂(쌍참)……마차를 끄는 두 마리의 말.

春題湖上(춘제호상)

호 상 춘 래 사 화 도 난 봉 위 요 수 평 포 송 배 산 면 천 리 취
湖上春來似畫圖 亂峯圍繞水平鋪 松排山面千里翠
월 점 파 심 일 과 주 벽 담 선 두 추 조 도 청 라 군 대 전 신 포
月點波心一顆珠 碧毯線頭抽早稻 青羅裙帶展新蒲
미 능 포 득 항 주 거 일 반 구 류 시 차 호
未能抛得杭州去 一半勾留是此湖

【譯】

호수 위에 봄이 오니 마치 그림과 같으며
솟은 봉우리 가운데 수면은 넓게 펼쳐지고
소나무는 산에 천 리나 푸르게 겹쳐졌는데
파도에는 달이 한 개의 구슬같이 떠 있네.
푸른 담요 같은 논엔 벼이삭이 머리 내밀고
파란 비단 치마 같은 속에 부들은 새싹 치미니
내가 항주(抗州)를 버리고 떠나지 못하는 것은
반쯤은 이 호수 때문에 만류되고 있는 것이라네.

【註】

春題湖上(춘제호상)……항주(抗州)의 서호(西湖)를 노래한 시.
平鋪(평포)……넓고 편편하게 물이 차고 있음.
一顆(일과)……한 알. / 碧毯(벽담)……푸른 융단. 푸른 담요.
線頭(선두)……융단 끝에 실이 너덜너덜한 곳.
靑羅(청라)……푸른 망사.
裙帶(군대)……부인 옷의 소매와 띠.
勾留(구류)……만류하다.

宿靈巖寺上院(숙령암사상원)

고 고 백 월 상 청 림　객 거 승 귀 독 야 심　훈 혈 병 제 유 대 주
高高白月上青林　客去僧歸獨夜深　葷血屛除唯對酒
가 종 방 산 기 류 금　갱 무 속 물 당 인 안　단 유 천 성 세 아 심
歌鍾放散祇留琴　更無俗物當人眼　但有泉聲洗我心
최 애 효 정 동 망 호　태 호 연 수 록 침 침
最愛曉亭東望好　太湖煙水綠沉沉

【譯】

밝은 달이 푸른 숲 위에 떠오르고
손님도 스님도 돌아가고 밤 깊은데 나 홀로 남아,
비린 것 매운 것 다 물리치고 오직 술만 대하니
노래와 악기도 피하고 다만 금(琴)만 있는데,
눈앞에는 아무런 세속의 물건은 없고
다만 샘물 소리 내 마음을 씻어 주는 듯 들리네.
가장 좋은 것은 새벽에 동쪽을 바라보는 것과
태호(西湖)의 물안개와 짙고 푸른 넓은 물.

【註】

宿靈巖寺上院(숙령암사상원)……영암사(靈巖寺)는 소주(蘇州) 서쪽 영암산(靈巖山)에 있고, 상원(上院)은 그 절 건물 가운데 상방(上方)에 있는 건물.

白月(백월)……명월(明月). / 屛除(병제)……피하며 먹지 않는 것.

葷血(훈혈)……냄새가 나는 야채, 즉 파, 마늘, 부추 등등과 육류.

歌鍾(가종)……노래 소리와 악기 소리.

太湖(태호)……소주(蘇州) 영암사(靈巖寺) 동쪽에 있는 호수.

沉沉(침침)……깊은 모양.

登香爐峯頂(등향로봉정)

초 초 향 로 봉	심 존 이 목 상	종 년 견 물 역	금 일 방 일 왕
迢迢香爐峯	心存耳目想	終年牽物役	今日方一往
반 라 답 위 석	수 족 로 부 앙	동 유 삼 사 인	양 인 불 감 상
攀蘿蹋危石	手足勞俯仰	同遊三四人	兩人不敢上
상 도 봉 지 정	목 현 신 황 황	고 저 유 만 심	활 협 무 수 장
上到峯之頂	目眩神恍恍	高低有萬尋	闊狹無數丈
불 궁 시 청 계	언 식 우 주 광	강 수 세 여 승	분 성 소 어 장
不窮視聽界	焉識宇宙廣	江水細如繩	湓城小於掌
분 오 하 설 설	미 능 탈 진 앙	귀 거 사 자 차	저 두 입 의 양
紛吾何屑屑	未能脫塵鞅	歸去思自嗟	低頭入蟻壤

【譯】

아득히 높은 향로봉(香爐峯)
항상 마음에 두고 보고 그 소문 들어 왔는데,
연중 바쁜 직무에 시달려
오늘에야 비로소 가게 되었네.
담쟁이덩굴 잡고 위태로운 돌 밟으며 오르니
손발이 모두 힘들고 피로한데
함께 가던 삼사 명의 동행 가운데
두 사람은 도중에서 포기.

봉우리 정상에 오르니
눈이 아찔하고 마음은 멍한데
높이는 만 길이나 되고

넓이는 불과 몇 장(丈)
그러나 멀리를 바라보고 나서야
비로소 우주의 광활함을 알 수 있었네.

양자강은 새끼같이 가늘게 보이고
심양(尋陽)성은 손바닥보다 작아
그 중에 나는 너무나 미미하고 작은 존재.
아직도 세속 일에서 탈피 못하니
돌아가면 스스로 탄식하며
머리 숙여 개미집에라도 기어 들어갈 걸.

【註】

迢迢(초초)……아득히 먼 모양.
物役(물역)……사물에 얽매이는 것. 직무에 얽매이는 것.
同遊(동유)……함께 동행하는 사람.
神怳怳(신황황)……정신이 아찔해지는 것.
高低(고저)……높이.
萬尋(만심)……만 길. 심(尋)은 팔 척(八尺).
闊狹(활협)……넓이.
湓城(분성)……강주(江州).
屑屑(설설)……부서져 많이 있는 모양.
塵鞅(진앙)……속세의 속박.
蟻壤(의양)……개미 집.

過李生(과리생)

빈 소 포 섭 단　남 호 춘 수 생　자 근 호 변 주　정 경 칭 고 정
蘋小蒲葉短　南湖春水生　子近湖邊住　静境稱高情

아 위 군 사 마　산 졸 무 소 영　사 군 지 성 야　아 퇴 임 한 행
我爲郡司馬　散拙無所營　使君知性野　衙退任閑行

행 휴 소 합 출　봉 화 첩 독 경　반 감 도 자 사　하 마 구 시 형
行攜小榼出　逢花輒獨傾　半酣到子舍　下馬扣柴荊

하 이 인 아 보　요 리 죽 만 경　하 이 성 아 주　오 음 음 일 성
何以引我步　繞籬竹萬莖　何以醒我酒　吳音吟一聲

수 유 진 야 반　반 도 여 근 영　백 구 청 죽 저　검 결 무 전 성
須臾進野飯　飯稻茹芹英　白甌青竹筯　儉潔無羶腥

욕 거 부 배 회　석 아 이 비 명　하 당 중 유 차　대 군 호 수 평
欲去復徘徊　夕鴉已飛鳴　何當重遊此　待君湖水平

【譯】

개구리풀은 아직 작고 부들 잎은 짧은데
벌써 남쪽 호수에는 봄물이 많아졌네.
호숫가에 살고 있는 그대에게
조용한 경계가 높은 정서에 맞구나.
나는 군(郡)의 사마(司馬)이지만
산만하고 무능해서 하는 일도 없어,
군(郡)의 태수도 내 성품을 알고
퇴청 뒤에는 산책하는 것도 용서를 하는데,
갈 때는 작은 술병을 갖고 가
꽃을 만나면 홀로 기울이네.

기분 좋게 취하면 그대 집에 가
말에서 내려 사립문 두드리는데
무엇에 이끌리나 하면
울타리를 둘러싼 일만 본의 대나무
무엇이 나를 깨우는가 하면
그대가 부르는 오음(吳吟)의 한 곡조.

잠시 뒤에 야채 요리 나오는데
쌀밥에 미나리나물
흰 사발에 푸른 대나무 저
정갈하고 검소하며 누린 것은 없어
가려 하다 다시 망설이면
저녁 갈가마귀 이미 울고 날아드네.
언제 다시 여기 와서
그대와 함께 물 가득 찬 호숫가에 놀아 볼까나.

【註】

南湖(남호)……구주시(九州市) 서남에 있는 감당호(甘棠湖).
散拙(산졸)……산만하고 옹졸함.
使君(사군)……군(郡)의 태수(太守).
衙退(아퇴)……퇴청(退廳)하다.
小榼(소합)……작은 술통.
柴荊(시형)……외로운 오두막. 그 오두막의 사립문.
芹英(근영)……미나리 꽃.
羶腥(전성)……비리고 누린내 나는 음식.

食筍(식순)

차 주 내 죽 향 　춘 순 만 산 곡 　산 부 절 영 포 　포 래 조 시 죽
此州乃竹鄉 春筍滿山谷 山夫折盈抱 抱來早市鬻

물 이 다 위 천 　쌍 전 이 일 속 　치 지 취 증 중 　여 반 동 시 숙
物以多爲賤 雙錢易一束 置之炊甑中 與飯同時熟

자 탁 탁 고 금 　소 기 벽 신 옥 　매 일 수 가 손 　경 시 불 사 육
紫籜坼故錦 素肌擘新玉 每日遂加飧 經時不思肉

구 위 경 락 객 　차 미 상 부 족 　차 식 물 지 주 　남 풍 취 작 죽
久爲京洛客 此味常不足 且食勿踟躕 南風吹作竹

【譯】

이 고을은 대나무의 고장
봄에는 죽순이 온 산과 계곡에 가득.
산에 사는 남자 한아름 꺾어 와
새벽시장에 가서 파는데,
물건이 많으면 값이 헐해.
한 다발에 두 푼
시루에 넣고 찌면
밥과 동시에 익는데,
낡은 비단 같은 껍질을 까고
흰 옥과 같은 살을 째,
매일 이같이 먹으니 자꾸 먹게 되어
오래도록 고기를 생각하지 않네.

나는 오래 장안(長安)에 있었는데
이렇게 맛있는 것 많이 못 먹었으니
먹는 데 체면 차리지 말며 많이 먹게.
남풍 불면 굳어져 대나무가 되는 거니.

【註】

盈抱(영포)……한아름 이상.
早市(조시)……새벽시장.
雙錢(쌍전)……두 닢의 돈.
炊甑(취증)……음식을 찌는 시루.
紫籜(자탁)……푸른색 대나무 껍질.
拆故錦(탁고금)……낡은 비단 같은 대나무 껍질을 벗김.
加飧(가손)……식성이 늘어 음식을 더 많이 먹게 됨.
不思肉(불사육)……고기 맛을 잊어버림.
京洛(경락)……서울.
踟躕(지주)……주저하다. 망설이다.

初入峽有感(초입협유감)

상유만인산 하유천장수 창창량애간 활협용일위
上有萬仞山 下有千丈水 蒼蒼兩崖間 闊狹容一葦

구당하직사 염여흘중치 미야흑암혼 무풍백랑기
瞿塘呀直瀉 灩澦屹中峙 未夜黑巖昏 無風白浪起

대석여도검 소석여아치 일보불가행 황천삼백리
大石如刀劍 小石如牙齒 一步不可行 況千三百里

염약죽멸념 의위즙사지 일질무완주 오생계어차
苒蒻竹篾念 欹危檝師趾 一跌無完舟 吾生繫於此

상문장충신 만맥가행의 자고표침인 개진비군자
常聞仗忠信 蠻貊可行矣 自古漂沉人 豈盡非君子

황오시여명 건천부족시 상공부재신 부작무명사
況吾時與命 蹇舛不足恃 常恐不才身 復作無名死

【譯】

위에는 만 길의 산이 있고
아래로는 만 길 깊은 물 있네.
겨우 열린 푸른 두 절벽 사이
좁게 트여 작은 배 간신히 들어갈 정도
구당협(瞿唐峽)에서 물결 곧바로 흘러오고
염여퇴(灩澦堆)는 그 속에 솟아 있는데,
아직 밤도 아니나 검은 바위엔 어둠이 깔리고
바람 불지 않으나 흰 파도 일어
큰 돌은 마치 칼과 같고
작은 돌은 치아(齒牙)와 같아

한 발도 나갈 수 없는데
항차 천삼백 리 길 어찌 가리.
대나무 밧줄 많이 묶어 배를 당기나
아아, 위태로운 사공들의 발길 !
한발 헛디디면 배가 부서지니
내 생명 여기에 달려 있네.

항상 듣기로는 충신(忠信)을 다하면
야만국에도 무사히 간다 하는데
자고로 멀리 보내지는 사람은
어찌 모두 군자가 아니랴.
그런데 나는 때와 운명을
잘 타지 못하고 어긋남이 많은 사람이니
항상 재주 없는 몸을 갖고
개죽음 하지 않을까 근심을 하네.

【註】

初入峽有感(초입협유감)……원화(元和) 13년, 충주자사(忠州刺史)로 임명되어 다음 해인 14년 삼협(三峽)을 거슬러 올라갈 때의 작품.

萬仞(만인)……만 길. 인(仞)은 7척. / 闊狹(활협)……넓이.

一葦(일위)……작은 배. 한 척의 작은 배.

瞿塘(구당)……삼협(三峽)의 하나인 구당협(瞿唐峽). 사천성(四川省) 봉절현(奉節縣)에 있음.

呀(하)……크게 입을 벌리고 있는 모양.

灩澦(염여)……구당협(瞿唐峽) 입구에 있는 암초의 이름.

苒蒻(염약)……풀이 무성한 모양. / 竹篾(죽멸)……대나무 껍질.

攲危(의위)……위험한 모양. / 一跌(일질)……한 번 헛발을 딛다.

蠻貊(만맥)……남방의 야만인. / 漂沉人(표침인)……유배되는 사람.

蹇舛(건천)……어긋나다. 시류를 잘 타지 못하는 것.

西湖晩歸回望孤山寺贈諸客
(서호만귀회망고산사증제객)

유 호 송 도 련 화 사　만 동 귀 요 출 도 장　노 귤 자 저 산 우 중
柳湖松島蓮花寺　晩動歸橈出道場　盧橘子低山雨重
종 려 섭 전 수 풍 량　연 파 담 탕 요 공 벽　누 전 참 차 의 석 양
椶櫚葉戰水風涼　煙波澹蕩搖空碧　樓殿參差倚夕陽
도 안 청 군 회 수 망　봉 래 궁 재 해 중 앙
到岸請君回首望　蓬萊宮在海中央

【譯】

유호(柳湖) 송도(松島) 연화사(蓮花寺)를 구경하고
저녁 때 절을 나와 돌아가는 배를 타니
귤나무 가지 가로놓였는데 거기 산비 내리고
종려 잎은 산들산들, 강가의 바람은 시원.
물위의 안개는 푸른 하늘 위까지 뒤덮고
누각은 높고 낮게 석양 속에 서 있는데
언덕에 배 닿거든 그대 뒤돌아봐 주게
봉래궁(蓬萊宮)이 호수 가운데 솟아 있네.

【註】

西湖晩歸回望孤山寺贈諸客(서호만귀회망고산사증제객)……항주(抗州) 자사로 부임한 뒤 서호(西湖)를 구경하고 돌아가다가 호수 가운데 고산사(孤山寺)를 돌아보며 지은 작품.
柳湖松島蓮花寺(유호송도련화사)……모두 서호(西湖)의 명승지이다.
歸橈(귀요)……돌아오는 배. / 道場(도장)……불도를 닦는 곳, 즉 절.
盧橘(노귤)……귤. / 澹蕩(담탕)……느긋한 모양.
參差(참차)……높낮이가 가지런하지 않은 모양.

江樓晚眺景物鮮奇吟翫成篇寄水部張員外
(강루만조경물선기음완성편기수부장원외)

담 연 소 우 간 사 양　강 색 선 명 해 기 량　신 산 운 수 파 루 각
澹烟疎雨間斜陽　江色鮮明海氣涼　蜃散雲收破樓閣

홍 잔 수 조 단 교 량　풍 번 백 랑 화 천 편　안 점 청 천 자 일 행
虹殘水照斷橋梁　風翻白浪花千片　雁點青天字一行

호 저 단 청 도 사 취　제 시 기 여 수 조 랑
好著丹青圖寫取　題詩寄與水曹郎

【譯】

엷은 안개와 가랑비 석양빛을 사이에 두고
강 빛은 선명하고 호수의 바람 시원한데
구름은 사라지고 신기루도 없어져
무지개 사라진 호수는 밝아졌네.
바람은 흰 파도 위에 불어 천 조각 꽃잎을 날려
기러기는 푸른 하늘에 한 줄의 글씨를 늘어놓은 듯
자아 물감으로 이 좋은 경치를 베껴
거기 시를 붙여 수부원외랑(水部員外郎)에게 보내세.

【註】

江樓晚眺(강루만조)……항주(抗州) 망해루(望海樓)에서 바라본 석양의 경치를 읊음.
景物(경물)……눈에 비치는 자연계의 경치.
澹煙(담연)……엷은 안개. / 海氣(해기)……바다에서 부는 바람.
蜃散(신산)……신기루가 사라짐. / 樓閣(누각)……신기루 속의 누각.
橋梁(교량)……무지개 속의 교량. / 丹青(단청)……물감.

제 4 장

風流(풍류)와 憐憫(연민)

海漫漫(해만만)

해 만 만 직 하 무 저 방 무 변 운 도 연 랑 최 심 처
海漫漫 直下無底旁無邊 雲濤煙浪最深處

인 전 중 유 삼 신 산 산 상 다 생 불 사 약 복 지 우 화 위 천 선
人傳中有三神山 山上多生不死藥 服之羽化爲天仙

진 황 한 무 신 차 어 방 사 년 년 채 약 거 봉 래 금 고 단 문 명
秦皇漢武信此語 方士年年采藥去 蓬萊今古但聞名

연 수 망 망 무 멱 처 해 만 만 풍 호 호 안 천 불 견 봉 래 도
烟水茫茫無覓處 海漫漫風浩浩 眼穿不見蓬萊島

불 견 봉 래 불 감 귀 동 남 관 녀 주 중 로 서 복 문 성 다 광 탄
不見蓬萊不敢歸 童男丱女舟中老 徐福文成多誑誕

상 원 태 일 허 기 도 군 간 려 산 정 상 무 릉 두
上元太一虛祈禱 君看驪山頂上茂陵頭

필 경 비 풍 취 만 초 하 황 현 원 성 조 오 천 언
畢竟悲風吹蔓草 何況玄元聖祖五千言

불 언 약 불 언 선 불 언 백 일 승 청 천
不言藥不言仙 不言白日昇靑天

【譯】

바다는 아득하여
아래로는 밑이 없고 사방에는 끝이 없는데,
구름과 안개로 덮인 파도 가장 깊은 곳에
사람들 하는 말이 삼신산(三神山)이 있다 하며,
산 위에는 불사약이 많이 나 있고
그것을 먹으면 하늘을 나는 신선이 된다 하네.

진시황(秦始皇)과 한무제(漢武帝)가 이 말을 믿고
방사(方士)에 명을 내려 해마다 약을 캐러 보냈는데,
봉래산(蓬萊山)은 예나 지금이나 이름만 들릴 뿐
자욱하고 아득한 물길 속에 찾을 길이 없고
바다는 끝없이 넓고 바람은 몹시 불어
눈이 뚫어지게 봐도 봉래(蓬萊) 섬은 보이지 않네.

봉래(蓬萊)를 찾지 못하면 감히 돌아올 수도 없어
방사가 데려간 소년 소녀는 뱃속에서 늙어 버렸는데,
방사인 서복(徐福)과 문성(文成)은 거짓말이 많아
상원(上元) 부인과 태일성(太一星)에 드린 기도도 효과가 없네.

보게나, 여산(驪山) 정상과 무릉(茂陵) 꼭대기에서
결국 슬픈 바람에 쓰러지는 잡초가 되고 말았는데,
또한 현원성조(玄元聖祖)인 노자가 한 오천 마디에는
선약(仙藥)과 신선(神仙)에 대해 말한 바 없고
백일승천(白日昇天)한다는 말도 하지 않았네.

【註】

漫漫(만만)……끝이 없는 모양.
直下(직하)……곧바로 밑에.
無邊(무변)……한이 없다.
雲濤煙浪(운도연랑)……구름과 안개로 덮인 바다의 큰 파도.
三神山(삼신산)……봉래(蓬萊), 방장(方丈), 영주(瀛州)의 세 섬. 중국인이 예부터 바닷속에 있었다고 생각한 신선이 사는 섬.
不死藥(불사약)……마시면 죽지 않는다는 불사장의 비약.
羽化(우화)……신선은 하늘을 날 수가 있는데, 신선이 되는 것을 말함.

天仙(천선)……공중을 날 수 있는 신선.

秦皇(진황)……진시황(秦始皇). 그는 방사인 서복(徐福)의 말을 듣고, 동남녀(童男女) 수천 명을 배에 태워 신선이 먹는 불사약을 구하러 보냈다고 사기(史記) 봉선서(封禪書)에 적혀 있다.

漢武(한무)……한무제(封禪書). 그는 신선의 존재를 믿고 선도(仙道)를 신봉했다.

方士(방사)……술수(術數)를 부리는 도사(道士).

烟水茫茫(연수망망)……안개 자욱한 해수가 끝없이 계속됨.

浩浩(호호)……큰 모양.

眼穿(안천)……눈이 뚫어지고록 바라봄.

童男(동남)……남자 아이.

丱女(관녀)……머리를 두 갈래로 땋은 여자 아이.

徐福(서복)……진시황(秦始皇)에게 선도와 불사약을 권한 도교의 도사.

文成(문성)……한무제(漢武帝)에게 선도를 권한 소옹(小翁). 문성(文成) 장군이 되었다.

誑誕(광탄)……사람을 속이다.

上元(상원)……선녀(仙女). 상원 부인. 한무내전(漢武內傳)에 서왕모(西王母)와 함께 무제(武帝)가 베푸는 연회에 함께 참석했다고 적혀 있다.

太一(태일)……사기(史記) 봉선서(封禪書)에 옛날에는 천자가 삼 년에 일회 천일(天一), 지일(地一), 태일(地一) 등 삼일(三一)을 제사지냈다고 한다. 사기(史記) 색은(索隱)에 따르면 천일, 지일, 태일은 북극신(北極神)의 별명이라 한다.

驪山(여산)……장안(長安) 동쪽 임동현(臨潼縣)에 있는 산. 진시황의 능이 있다.

茂陵(무릉)……장안(長安) 북쪽 지금의 여평현(與平縣)에 있는 한무제의 능.

畢竟(필경)……결국. 구경(究竟).

玄元聖祖(현원성조)……노자(老子). 당(唐) 고종(高宗) 건봉(乾封) 원년(666), 노자를 현원황제라고 하였다. 노자가 당(唐)과 동성이므로 이를 당의 황실의 조(祖)라고 칭하게 했다.

五千言(오천언)……노자(老子)가 저술했다는 도덕경(道德經).

白日昇靑天(백일승청천)……천선(天仙)이 되어 하늘로 올라가는 것.

太行路(태행로)

태행지로능최거 야비인심시탄도 무협지수능복주
太行之路能摧車 若比人心是坦途 巫峽之水能覆舟

야비인심시안류 인심호악고불상 호생모우악생창
若比人心是安流 人心好惡苦不常 好生毛羽惡生瘡

여군결발미오재 홀종우녀위참상 고칭색쇠상기배
與君結髮未五載 忽從牛女爲參商 古稱色衰相棄背

당시미인유원회 하황여금난경중 첩안미개군심개
當時美人猶怨悔 何況如今鸞鏡中 妾顏未改君心改

위군훈의상 군문란사불형향 위군성용식
爲君薰衣裳 君聞蘭麝不馨香 爲君盛容飾

군간금취무안색 행로난 난중진
君看金翠無顏色 行路難 難重陳

인생막작부인신 백년고락유타인 행로난 난어산
人生莫作婦人身 百年苦樂由他人 行路難 難於山

험어수 부독인간부여처 근대군신역여차
險於水 不獨人間夫與妻 近代君臣亦如此

군불견좌납언우납사 조승은모사사
君不見左納言右納史 朝承恩暮賜死

행로난 부재수부재산 지재인정반복한
行路難 不在水不在山 只在人情反覆閒

【譯】

태행산(太行山) 험한 길은 수레가 부서질 정도지만

사람의 위험한 마음에 비하면 더욱 평탄하고,

무협(巫峽)은 배를 뒤집을 정도로 물길 험악하지만

사람 마음 독한 것에 비하면 더욱 순탄한 흐름.
사람 마음의 애증(愛憎)은 너무나 변덕스러워
좋으면 감싸주고 싫으면 흠집 들추어내니,
그대와 결혼한 지 오 년도 못되지만
정답던 견우직녀성에서 참성과 상성같이 헤어지고 말았네.

예로부터 얼굴 늙어지면 버림받는다고 했는데
그때 옛날의 여인들도 뉘우치고 원망했으니,
하물며 지금 거울 속에 비춰진 내 얼굴
아직도 변하지 않았으나 그대 마음이 변한 거네.
그대 위해 옷에 향을 뿌렸는데도
그대는 난(蘭)이나 사향을 향기롭다 않고,
그대 위해 화사하게 화장을 해도
그대는 금비녀나 비취 장식 보아도 무표정일세.

인생행로 어렵구나.
그 어려움 더 말할 수도 없네.
인간은 여자로 태어나지 말 것을.
일생의 고락이 남에게 맡겨져 있으니,
인생의 가는 길 어렵구나.
산길보다 더 어렵고
물길보다 더 위험해.

이는 세간 부부 사이뿐만 아니라
근래에는 군신 사이 또한 이러하니

그대는 보지 못했던가!
좌납언(左納言) 우납언(右納言) 같은 고관들이
아침에 은총 받다가 저녁에 죽음 받는 것을!
인생행로 어려워라!
물이나 산에 어려움이 있는 것이 아니고
다만 변덕스러운 사람의 마음으로 인해 어려운 것이라네.

【註】

太行路(태행로)……악부[右納]의 노래로, 부부 사이를 인용해 군신간의 관계가 한결같지 못함을 풍자한 노래.
太行(태행)……산 이름. 지금의 하북성과 산동성의 경계를 이루는 산.
摧車(최거)……길이 험난한 것을 일컬음.
坦途(탄도)……평탄한 길.
巫峽(무협)……양자강 상류의 협곡. 무산천성현(巫山川省縣)을 지나는 강은 위에서 구당협(瞿唐峽), 귀협(歸峽), 무협(巫峽)이라고 하는 험한 삼협(三峽)을 지난다.
好惡(호악)……애증(愛憎).
結髮(결발)……결혼을 하다.
牛女(우녀)……견우(牽牛)와 직녀(織女). 사이좋은 부부를 일컬음.
參商(참상)……참(參)은 오리온좌의 세 겨울 별. 상(商)은 안들메다좌 좌우의 두 여름 별로 하늘에서 동시에 보이는 경우가 없다. 이를 빗대어 사이가 나쁜 부부를 일컫는다.
色衰(색쇠)……미인의 얼굴이 늙어서 미워지다.
鸞鏡(난경)……화장하는 거울.
薰衣裳(훈의상)……옷에 향을 뿜는다. 향내가 배게 한다.
聞蘭麝(문란사)……난초와 사향의 냄새를 맡는다.
馨香(형향)……좋은 냄새.
容飾(용식)……몸단장.
行路難(행로난)……세상 살기가 어렵다.
人間(인간)……세간(世間).
左納言右納史(좌납언우납사)……납언(納言)은 황제의 명령을 출납하는 대

관으로 당대(唐代)에는 시중(侍中)에 해당. 납사(納史)는 내사(內史)이며 당대(唐代)에 중서성(中書省)의 대신(大臣)이며 중서령(中書令)에 해당한다.

人情反覆(인정반복)……사람의 감정이 바로 바뀜.

縛戎人(박융인)

박융인 박융인 이천면파구입진 천자긍련불인살
縛戎人 縛戎人 耳穿面破驅入秦 天子矜憐不忍殺

조사동남오여월 황의소사록성명 영출장안승체행
詔徙東南吳與越 黃衣小使錄姓名 領出長安乘遞行

신피금창면다척 부병도행일일역 조창기갈비배반
身被金瘡面多瘠 扶病徒行日一驛 朝滄飢渴費杯盤

야와성조오상석 홀봉강수억교하 수수제성오열가
夜臥腥臊汚牀席 忽逢江水憶交河 垂手齊聲嗚咽歌

기중일로어제로 이고비다오고다 동반행인인차문
其中一虜語諸虜 爾苦非多吾苦多 同伴行人因借問

욕설후중기분분 자운향관본량원 대력년중몰락번
欲說喉中氣憤憤 自云鄉管本涼原 大曆年中沒落蕃

일락번중사십재 신저피구계모대 유허정조복한의
一落蕃中四十載 身著皮裘繫毛帶 唯許正朝服漢儀

염의정건잠루수 서심밀정귀향계 불사번중처자지
斂衣整巾潛淚垂 誓心密定歸鄉計 不使蕃中妻子知

암사행유잔근골 갱공년쇠귀부득 번후엄병조불비
暗思幸有殘筋骨 更恐年衰歸不得 蕃候嚴兵鳥不飛

탈신모사분도귀 주복소행경대막 운음월흑풍사악
脫身冒死奔逃歸 晝伏宵行經大漠 雲陰月黑風沙惡

경장청총한초소 투도황하야빙박 홀문한군비고성
驚藏青塚寒草疏 偷渡黃河夜冰薄 忽聞漢軍鼙鼓聲

노방주출재배영 유기불청능한어 장군수박작번생
路傍走出再拜迎 游騎不聽能漢語 將軍遂縛作蕃生

배향강남비습지 정무존술공방비 염차탄성앙소천
配向江南卑濕地 定無存卹空防備 念此吞聲仰訴天

야 위 신 고 도 잔 년　양 원 향 정 부 득 견　호 지 처 아 허 기 연
若爲辛苦度殘年 涼原鄉井不得見 胡地妻兒虛棄捐

몰 번 피 수 사 한 토　귀 한 피 겁 위 번 로　조 지 여 차 회 귀 래
沒蕃被囚思漢土 歸漢被劫爲蕃虜 早知如此悔歸來

양 지 령 여 일 처 고　박 융 인　융 인 지 중 아 고 신
兩地寧如一處苦 縛戎人 戎人之中我苦辛

자 고 차 원 응 미 유　한 심 한 어 토 번 신
自古此寃應未有 漢心漢語吐蕃身

【譯】

묶여 있는 오랑캐,
묶여 있는 오랑캐,
귀는 뚫려 꿰이고 얼굴엔 먹물 문신 넣은 채 쫓겨 장안에 왔네.
천자도 불쌍히 여겨 차마 죽일 수 없다 하며
영을 내려 동남 오(吳)나라나 월(越)나라로 보내라 하니,
누런 옷 입은 관리가 그의 성명 장부에 기록하고
인솔해서 장안을 나와 역과 역을 따라서 가는데,
온 몸에는 창검 상처투성이고 얼굴도 파리하며
병든 몸은 걸어서 겨우 하루 한 역밖에 못 가네.
아침에는 춥고 배고프고 목말라 음식 탐내어 먹고
밤에 잘 때는 비린내와 누린내로 침상을 더럽히는데,
우연히 양자강을 만나면 고향의 교하(交河)를 생각하고
손을 내리고 소리 맞춰 오열하며 노래를 불렀네.

그 중에 한 포로가 다른 포로에게 말하기를

그대들의 고생이란 별것이 아니고 내 고생이 가장 심하다 하니,
함께 가던 사람들이 그 연유를 묻자
말을 하려다 울분이 치솟아 목이 막히는 듯하다가
간신히 말하기를, "본래 고향은 중국 양주(凉州)였으나
대력(大曆) 연간에 토번(土蕃)에게 잡혀 갔는데,
한 번 잡혀 간 뒤 40년간을
몸에는 갖옷을 입고 모피 띠를 매었으며
오직 설날만 한나라 옷을 입도록 허락되었다네.

의복을 차려입고 관을 쓰면 남몰래 눈물 흘렸으며
탈출해서 고향으로 돌아갈 것 마음에 품었는데
토번에서 생긴 처자에게도 알리지를 않았고,
몰래 생각하기를 아직 다행히도 체력이 남아 있으나
더 나이 먹으면 영영 돌아가지 못하리라 생각했네.

토번의 감시병은 엄해서 새도 날아 도망 못 갈 정도이지만
죽음을 무릅쓰고 도망쳐서 고향으로 돌아왔네.
낮에는 엎드려 몸을 숨기고 밤에 걸어 큰 사막을 걸었는데
구름이 끼어 달은 어둡고 모래바람 험하게 불어…….
인기척에 놀라 청총에 몸 숨기려 해도 풀마저 찬바람에 성기고,
몰래 건너려는 황하(黃河)의 밤, 얼음은 얇았네.

홀연히 한나라 군대의 북소리 듣고
길가로 뛰어나가 재배하며 맞이하였으나,
놀란 기마 감시병은 내가 하는 한나라 말도 듣지 않고

장군은 무조건 나를 묶어 토번 태생이라 단정지으니,
지금 이렇게 양자강 남쪽 습지로 유배를 가는데
아무도 나를 불쌍히 여길 사람도 없고 나를 지킬 방도도 없으니
이런 생각으로 소리를 삼키고 하늘을 향해 호소하네.
노쇠한 여생의 몸 어찌 고생을 치르며 살 것인가?
고향인 양주(凉州)도 볼 수 없을 텐데
오랑캐 땅에 처자를 버리고 온 것만 허사가 되었네.
토번에게 잡혔을 때는 한(漢)나라 생각만을 했고,
한나라에 돌아와 이렇게 잡혀 토번이 되었으니
일찍 이 같은 일 알았으면 좋았을 걸! 돌아온 것 후회하네.
두 곳에서 괴로워하느니 토번 한 곳에서 고생하는 것이 좋았으리.
묶여 있는 오랑캐,
그 가운데서 내 쓰린 고생이 으뜸.
자고로 이런 무고한 원한과 죄, 있을 수도 없는 일로 죄 받으며
한나라 사람의 마음과 말을 하면서도 몸은 토번이 되었으니."

【註】

戎人(융인)……중국 서쪽에 사는 야만인.
耳穿(이천)……귀에 구멍을 뚫어 죄인이 도망 못 가게 줄줄이 줄로 꿴 것.
面破(면파)……죄인이 도망 못 가게 얼굴에 문신을 넣음.
矜憐(긍련)……불쌍하게 생각하다.
吳與越(오여월)……지금의 강소성(江蘇省)과 절강성(浙江省) 부근 지방.
小使(소사)……하급관리.
乘遞(승체)……역(驛)에서 역으로 호송하다.
金瘡(금창)……무기로 생긴 상처.
扶病(부병)……병을 참는다.
朝飡(조찬)……아침 식사.
費杯盤(비배반)……반에 차린 음식을 많이 먹음. 비(費)는 많이 소비한다.

腥臊(성조)……비리고 누린내가 난다.
牀席(상석)……침상과 침구.
江水(강수)……양자강.
交河(교하)……지금의 신강성(新疆省) 토로번(吐魯番) 서쪽에 있었던 당나라 현.
嗚咽(오열)……슬피 울다.
借問(차문)……물어보다.
氣憤憤(기분분)……성을 내다. 화를 내다.
鄉管(향관)……고향. 태어난 곳.
凉原(양원)……지금의 감숙성(甘肅省) 무위현(武威縣)의 들판.
大曆(대력)……당(唐) 대종(代宗)의 연호.
沒落蕃(몰락번)……토번(土蕃)의 포로가 되다.
繫毛帶(계모대)……모피에 대를 매고 있다. 토번(土蕃)의 복식.
正朝(정조)……원단(元旦)의 아침.
服漢儀(복한의)……한나라 의식에 맞는 복장을 입음.
斂衣(염의)……옷을 단정히 입음.
蕃候(번후)……토번의 감시병.
大漠(대막)……큰 사막.
青塚(청총)……토번(土蕃)에 시집간 왕소군(王昭君)의 무덤.
鼙鼓(비고)……북.
游騎(유기)……감시하며 돌격하는 기병.
蕃生(번생)……토번(土蕃) 포로.
存卹(존술)……불쌍하게 생각하고 위로해 주다.
度殘年(도잔년)……늙은 여생을 보내다.
鄉井(향정)……향리(鄉里).
棄捐(기연)……버리다.

驪宮高(여궁고)

고 고 려 산 상 유 궁　주 루 자 전 삼 사 중　지 지 혜 춘 일
高高驪山上有宮 朱樓紫殿三四重 遲遲兮春日

옥 추 난 혜 온 천 일　요 뇨 혜 추 풍　산 선 명 혜 궁 수 홍
玉甃暖兮溫泉溢 嫋嫋兮秋風 山蟬鳴兮宮樹紅

취 화 불 래 세 월 구　장 유 의 혜 와 유 송　오 군 재 위 이 오 재
翠華不來歲月久 牆有衣兮瓦有松 吾君在位已五載

하 불 일 행 호 기 중　서 거 도 문 기 다 지　오 군 불 유 유 심 의
何不一幸乎其中 西去都門幾多地 吾君不遊有深意

일 인 출 혜 불 용 이　육 궁 종 혜 백 사 비　팔 십 일 거 천 만 기
一人出兮不容易 六宮從兮百司備 八十一車千萬騎

조 유 연 어 모 유 사　중 인 지 산 수 백 가　미 족 충 군 일 일 비
朝有宴飫暮有賜 中人之產數百家 未足充君一日費

오 군 수 기 인 부 지　부 자 일 혜 부 자 희　오 군 애 인 인 불 식
吾君修己人不知 不自逸兮不自嬉 吾君愛人人不識

불 상 재 혜 불 상 력　여 궁 고 혜 고 입 운　군 지 래 혜 위 일 신
不傷財兮不傷力 驪宮高兮高入雲 君之來兮爲一身

군 지 불 래 혜 위 만 인
君之不來兮爲萬人

【譯】

높고 높은 여산(驪山) 위에 세워진 궁전
붉은 누각 푸른 전각 삼중 사중 겹쳤는데,
길고 나른한 봄날엔
옥 벽돌 따뜻하고 온천물도 넘쳐흘러
산들산들 가을바람 불 때면

산 매미 울며 궁의 수목도 단풍 드네.
천자의 행차 있은 지 오래 되어
담에는 이끼 끼고 지붕에는 솔씨 자랐는데,
우리 임금 등극한 지 이미 오 년이지만
어찌해서 한 번도 행차하지 않았을까?
서쪽 도성에서 별로 멀지도 않은 곳이지만
우리 임금 오지 않음은 깊은 뜻이 있어서네.
임금 혼자 출행하기란 쉬운 일이 아니고
육궁(六宮)의 궁녀와 조정백관이 수행을 하게 되니,
팔십 한 대의 수레와 따르는 기마(騎馬)도 천만 기(騎).
아침에는 연회 열고 저녁에는 하사품 내려야 하니
중인(中人)의 재산이라면 수백 명의 것 합쳐도
임금의 하루 비용에 부족할 정도.

우리 임금 스스로 덕은 닦는 데 그것은 남이 모르는 일.
또한 안락과 향락을 스스로 즐기려 하지 않으며
또한 백성을 사랑하는 데 사람들은 그것을 알지 못하지만
재물을 낭비 않고 인력을 손상하지 않네.
여산(驪山)의 궁전 높이 솟아 구름 위에 솟았거늘
임금이 거기 가는 것은 자기 일신의 일이지만
임금이 거기 가지 않는 것은 만민을 위한 일이라네.

【註】

驪宮(여궁)……현종(玄宗)이 세운 여산(驪山)에 있는 궁전이며, 온천궁(溫泉宮)이라 했지만 나중에 화청궁(華淸宮)이라고 고쳤다.

高高(고고)……높은 모양.

朱樓(주루)……붉은 색을 칠한 누각.

紫殿(자전)……자미원(紫薇垣)은 북두 가운데 제성(帝星)의 좌(座)이며, 자미궁(紫微宮) 자궁(紫宮)이라 한다. 여기서 연유되어 자신(紫宸) 자금성(紫禁城)이라는 말도 생겨났다. 자(紫)는 단순히 색채를 말하는 것이 아니고 천자의 어전을 일컫는 말로 쓰인다.

遲遲(지지)……해가 긴 모양. 시경(詩經) 빈풍(豳風)에 '춘일지지(春日遲遲)'라는 말이 있다.

玉甃(옥추)……옥으로 된 보도블록.

嫋嫋(요뇨)……바람이 부는 모양.

翠華(취화)……남방에 사는 푸른 날개의 새. 그 날개 깃털로 장식한 천자의 깃발.

一人(일인)……천자(天子).

六宮(육궁)……후궁(後宮).

百司(백사)……문무백관.

八十一車(팔십일거)……천자가 외출할 때 공식적인 행차의 수.

宴飫(연어)……연회(宴會). 비공식 연회를 어(飫)라 한다.

中人(중인)……중산계급. 평민.

賣炭翁(매탄옹)

매탄옹 벌신소탄남산중 만면진회연화색
賣炭翁 伐薪燒炭南山中 滿面塵灰煙火色

양빈창창십지흑 매탄득전하소영 신상의상구중식
兩鬢蒼蒼十指黑 賣炭得錢何所營 身上衣裳口中食

가련신상의정단 심우탄천원천한 야래성외일척설
可憐身上衣正單 心憂炭賤願天寒 夜來城外一尺雪

효가탄거전빙철 우곤인기일이고 시남문외니중헐
曉駕炭車輾冰轍 牛困人飢日已高 市南門外泥中歇

편편량기래시수 황의사자백삼아 수파문서구칭칙
翩翩兩騎來是誰 黃衣使者白衫兒 手把文書口稱敕

회거질우견향북 일거탄중천여근 관사구장석부득
廻車叱牛牽向北 一車炭重千餘斤 官使驅將惜不得

반필홍초일장릉 계향우두충탄직
半疋紅綃一丈綾 繫向牛頭充炭直

【譯】

숯 파는 노인
종남산(終南山)에서 나무 베어 숯을 굽네.
온 얼굴은 먼지와 재로 덮이고 연기에 그을려
양쪽 살쩍 희끗희끗 열 손가락 시커먼데,
숯을 팔아 번 돈 무엇에 쓰나 하니
몸에 걸치는 옷과 먹는 것 살 뿐.
가련하게도 이 겨울에 홑껍데기 걸치고도
마음으로 숯 값 헐하다고 더 춥기 바라는데,

어젯밤부터 성 밖에 한 자나 눈 쌓이자
새벽에 숯 수레 몰고 얼어붙은 길 걸어오니
소는 지치고 나도 배가 고픈데 해는 높이 떠올랐네.
시장 남문 밖 진흙길에 멈추어 잠시 쉬는데
펄펄 나는 듯 달려온 말 탄 두 사람은 누구?
황의(黃衣)의 칙사와 흰옷 입은 젊은이
손에는 문서를 들고 입으로는 천자의 명이라 하면서
차를 돌려 소를 몰아 북쪽으로 끌고 가니
한 차의 숯 무게 천여 근이나 되는데,
궁중 관리에게 빼앗겨도 아깝다고 할 수도 없고
반 필의 붉은 명주와 한 발의 비단을
숯 값이라 하며 소머리에 걸어놓고 가네.

【註】

煙火色(연화색)……시커먼 색.
蒼蒼(창창)……머리가 반백이 되다.
單(단)……홑으로 된 옷.
冰轍(빙철)……얼어붙은 땅에 생긴 차바퀴 자국.
翩翩(편편)……날아오듯 빨리.
使者(사자)……명을 받은 사람.
白衫兒(백삼아)……흰 옷을 입은 젊은이.
紅綃(홍초)……붉은 색의 명주.
綾(능)…………비단.

李夫人(이부인)

한 무 제 초 곡 리 부 인　부 인 병 시 불 긍 별

漢武帝初哭李夫人　夫人病時不肯別

사 후 류 득 생 전 은　군 은 부 진 념 미 이　감 천 전 리 령 사 진

死後留得生前恩　君恩不盡念未已　甘泉殿裏令寫眞

단 청 화 출 경 하 익　불 언 불 소 수 살 인　우 령 방 사 합 령 약

丹靑畫出竟何益　不言不笑愁殺人　又令方士合靈藥

옥 부 전 련 금 로 분　구 화 장 중 야 초 초　반 혼 향 강 부 인 혼

玉釜煎鍊金爐焚　九華帳中夜悄悄　反魂香降夫人魂

부 인 지 혼 재 하 허　향 연 인 도 분 향 처　기 래 하 고 불 수 유

夫人之魂在何許　香烟引到焚香處　旣來何苦不須臾

표 묘 유 양 환 멸 거　거 하 속 혜 래 하 지　시 야 비 야 량 부 지

縹渺悠揚還滅去　去何速兮來何遲　是耶非耶兩不知

취 아 방 불 평 생 모　불 사 소 양 침 질 서　혼 지 불 래 군 심 고

翠蛾髣髴平生貌　不似昭陽寢疾時　魂之不來君心苦

혼 지 래 혜 군 역 비　배 등 격 장 부 득 어　안 용 잠 래 환 견 위

魂之來兮君亦悲　背燈隔帳不得語　安用暫來還見違

상 심 부 독 한 무 제　자 고 급 금 개 야 사

傷心不獨漢武帝　自古及今皆若斯

군 불 견 목 왕 삼 일 곡　중 벽 대 전 상 성 희

君不見穆王三日哭　重壁臺前傷盛姬

우 불 견 태 릉 일 국 루　마 외 로 상 념 양 비

又不見泰陵一掬淚　馬嵬路上念楊妃

종 령 연 자 염 질 화 위 토　차 한 장 재 무 소 기

縱令姸姿豔質化爲土　此恨長在無銷期

생 역 혹　사 역 혹　우 물 혹 인 망 부 득　인 비 목 석 개 유 정

生亦惑　死亦惑　尤物惑人忘不得　人非木石皆有情

불 여 불 우 경 성 색
不如不遇傾城色

【譯】

한무제(漢武帝)는 이(李)부인을 잃고 곡을 했네.
부인이 병들었을 때 곁을 떠나려 하지 않았고
죽은 뒤에도 생전의 은혜와 사랑 잊지 못하며,
군은(君恩) 끝이 없고 생각하는 마음 그치지 않아
감천전(甘泉殿)에 초상화 걸라 명하니
그림으로 그린 것 무슨 소용 있으리.
말도 없고 웃지도 않고 다만 사람을 슬프게 할 뿐.
또한 방사(方士)에게 명해서 영약을 조제하여
옥 솥으로 달이고 황금로에 불을 지펴
꽃무늬 휘장 두른 깊은 밤에 가만히
반혼향(反魂香) 덕으로 이 부인의 혼 내려오니,
부인의 혼 내려온 곳 어딘가 하면
향 연기 피어오른 향을 피우는 곳.

왔다 했더니 왜 잠시도 머물지 않고
아련히 떠올랐다 다시 사라져 버리는지.
사라지기는 너무도 빠르고 나타나기 너무나 늦어
그 모습도 진실인지 아닌지 잘 알 수가 없는데,
아름다운 눈썹은 살았을 때와 꼭 같으며
소양전(昭陽殿)에서 앓던 때와는 달라.

그래서 황제는 혼 돌아오지 않을 때는 괴로워하고
혼이 돌아와도 또한 슬퍼했는데,
등불 등 뒤로 휘장을 사이 두곤 이야기도 할 수 없어.
이렇게 잠깐 왔다 가는 것 아무 소용도 없네.

이렇게 상심하는 것은 한무제(漢武帝)뿐 아니고
예부터 지금까지 사랑하는 부인 잃은 자 모두 같으니.
그대는 알지 못하는가, 주(周)의 목왕(穆王)이 삼 일을 곡한 것,
중벽대(重壁臺) 앞에서 성희(盛姬)의 죽음을 슬퍼하며.
또 그대는 보지 못했는가, 현종(玄宗)이 태릉(泰陵)에서 흘린 눈물.
마외파(馬嵬坡) 아래서 양귀비(楊貴妃) 생각하며.

가령 고운 모습과 아름다운 몸은 흙으로 화해도
애틋한 한과 정은 길이 사라지지 않는 법.
살아서도 미혹하고 죽어서도 또한 미혹하니
미인은 사람을 미혹해서 잊지 않게 하는 데다
사람은 목석이 아니고 모두 정이 있으니
경성(傾城)의 미인은 만나지 않는 것이 좋은 것.

【註】

李夫人(이부인)……천자(天子)의 여총(女寵)을 경계하는 시. 이부인은 한무제(漢武帝)가 사랑한 여인으로 경성경국가(傾城傾國歌)를 만든 이연년(李延年)의 누이이다. 이부인이 일찍 죽자 이부인을 그리던 황제의 마음은 너무나 슬펐다.

甘泉殿(감천전)……한무제가 지금의 감천산(甘泉山) 위에 지은 이궁(離宮)으로 피서용으로 쓰인 곳.

寫眞(사진)……초상화를 그림.

丹靑(단청)……물감을 써서 그리는 그림.
愁殺(수살)……매우 슬프게 한다.
合靈藥(합령약)……혼을 돌아오게 한다는 신비로운 약을 조제함.
玉釜(옥부)……옥으로 만든 솥.
九華帳(구화장)……많은 꽃을 그린 휘장.
悄悄(초초)……조용한 모양.
反魂香(반혼향)……피우면 죽은 사람의 혼이 돌아온다는 신기한 향.
須臾(수유)……잠시.
縹緲(표묘)……희미하고 분명하지 않은 모양.
悠揚(유양)……희미한 상태.
翠蛾(취아)……아름답고 진한 눈썹.
髣髴(방불)……닮았다.
昭陽(소양)……한(漢)의 후궁(後宮). 이(李)부인이 있던 곳.
見違(견위)……금방 가 버리다.
穆王(목왕)……주(周)의 제6대 왕. 목천자전(穆天子傳)이라는 소설의 주인공. 총비 성희(盛姬)가 죽자 중벽대(重璧臺)에서 3일간이나 곡을 했다고 한다.
泰陵(태릉)……현종(玄宗)의 능.
馬嵬路(마외로)……양귀비(楊貴妃)가 처형당한 곳.
姸姿(연자)……아름다운 모습.
豔質(염질)……아름다운 몸.
尤物(우물)……미인(美人).
傾城(경성)……한 나라의 성과 바꿀 만큼 아름다운 미인.

自題寫眞(자제사진)

아모부자식 이방사아진 정관신여골 합시산중인
我貌不自識 李放寫我眞 靜觀神與骨 合是山中人

포류질이후 미록심난순 하사적지상 오년위시신
蒲柳質易朽 麋鹿心難馴 何事赤墀上 五年爲侍臣

황다강견성 난여세동진 불유비귀상 단공생화인
況多剛狷性 難與世同塵 不惟非貴相 但恐生禍因

의당조파거 수취운천신
宜當早罷去 收取雲泉身

【譯】

내 얼굴 내 스스로 알 수가 없는데
이방(李放)이 내 참모습 그려 주므로
조용히 정신 골격 관찰해 보니
산중에 살 만한 사람이네.
포류(蒲柳)와 같은 몸 쉬 썩고
미록(麋鹿)과 같은 야성의 마음 길들기 어려운데,
그것이 어찌하여 궁중에서
5년이나 천자의 신하가 되었던가?
더구나 고집 세고 급한 성품
세상 사람들과 어울리기 어려우며
고귀한 상이라고 생각되지 않을 뿐만 아니라,
화를 불러일으킬 상이 아닐까 두려우니
마땅히 일찍 사직을 하고 떠나가

산중 구름과 센 물 곁에 몸을 다할지어다.

【註】

寫眞(사진)……사실대로 그린 초상화.

李放(이방)……백락천의 초상화를 그린 화가(畵家).

蒲柳(포류)……수양(水楊). 버드나무는 쉬 썩으므로 빨리 쇠약해지는 약한 체질을 비유해서 말함.

麋鹿(미록)……미(麋)는 사슴 가운데 몸이 큰 종류인데, 사슴과 함께 잘 놀도록 길들이기 힘든 동물이다.

赤墀(적지)……붉게 칠한 담. 궁성의 담이 붉게 칠해져 있으므로 궁성(宮城)을 뜻함.

剛狷(강견)……고집 세고 성질이 아주 급함.

同塵(동진)……세속(世俗)과 함께 해서 이의를 달지 않음. 노자는 이를 화광동진(和光同塵)이라 했다.

貴相(귀상)……귀한 자리에 오를 인상. 귀한 상.

雲泉身(운천신)……구름과 샘물이 맑은 산중에 살 만한 몸.

松齋自題(송재자제)

비로역비소	연과삼기여	비천역비귀	조등일명초
非老亦非少	年過三紀餘	非賤亦非貴	朝登一命初
재소분이족	심관체장서	충장개미식	용슬즉안거
才小分易足	心寬體長舒	充腸皆美食	容膝卽安居
황차송재하	일금수질서	서불구심해	금료이자오
況此松齋下	一琴數帙書	書不求甚解	琴聊以自娛
야직입군문	만귀와오려	형해위순동	방촌부공허
夜直入君門	晩歸臥吾廬	形骸委順動	方寸付空虛
지차장과일	자연다안여	혼혼복묵묵	비지역비우
持此將過日	自然多晏如	昏昏復默默	非智亦非愚

【譯】

늙지도 않고 또한 젊지도 않다는 것은
나이가 삼십을 넘었기 때문.
천하지도 않고 귀하지도 않다는 것은
조정에 나가는 명을 받았기 때문.
재능이 없으므로 이 분수에 만족하니
마음도 편하고 몸도 오래도록 편해
배만 부르면 다 맛있다 하고
무릎만 들이밀면 곧 편안한 주거.
하물며 이 송재(松齋)에는
금(琴) 하나와 몇 질의 책도 있으니
책 읽어도 어려운 해석은 필요도 없고,
금(琴)은 다만 스스로 즐기려 타는 것.

밤에는 숙직을 하러 궁중에 들어가나
늦게 돌아와 내 오두막에서 잠을 자니,
몸은 자연의 순리대로 움직이고
마음은 항상 공허하게 비워 두는데,
이렇게 매일을 보내고 있으니
자연히 편안함이 가득하구나.
멍청하게 그리고 묵묵히 지내니
지혜롭지도 않지만 또한 바보도 아니네.

【註】

松齋(송재)……백락천(白樂天)이 지은 자신의 소박한 서재 이름.
三紀(삼기)……12년을 일기(一紀)라고 한다. 나이 36세.
一命初(일명초)……비로소 관리(官吏)가 되다.
夜直(야직)……밤에 관청에서 숙직(宿直)을 하다.
方寸(방촌)……마음. 심정(心情).
晏如(안여)……편안함.

出府歸吾廬(출부귀오려)

출 부 귀 오 려	정 연 안 차 일	갱 무 객 간 알	시 유 승 문 질
出府歸吾廬	靜然安且逸	更無客干謁	時有僧問疾
가 동 십 여 인	역 마 삼 사 필	용 발 경 순 와	흥 래 련 일 출
家僮十餘人	櫪馬三四匹	慵發經旬臥	興來連日出
출 유 애 하 처	숭 벽 이 슬 슬	황 유 청 화 천	정 당 소 산 일
出遊愛何處	嵩碧伊瑟瑟	況有清和天	正當疏散日
신 한 자 위 귀	하 필 거 영 질	심 족 즉 비 빈	개 유 금 만 실
身閑自爲貴	何必居榮秩	心足卽非貧	豈唯金滿室
오 관 권 세 자	고 이 신 순 물	자 수 외 염 염	이 빙 중 률 률
吾觀權勢者	苦以身徇物	炙手外炎炎	履冰中慄慄
조 기 구 망 미	석 척 심 우 실	단 유 부 귀 명	이 무 부 귀 실
朝飢口忘味	夕惕心憂失	但有富貴名	而無富貴實

【譯】

관청을 나와 내 집에 돌아오니
몸도 마음도 편안해졌는데,
면회를 청하는 손님도 없고
때때로 병문안 하러 스님이 올 뿐.
종들 십여 명과
마구간에 서너 필의 말.
게으름 발동하면 십여 일도 누워 있고
흥이 나면 연일 나가는데,
놀러가는 곳 어디를 좋아하냐 하면
푸른색이 짙은 숭산(嵩山).

게다가 날씨가 맑고 좋으며,
마침 한가한 기간이라
몸 한가로우니 스스로 귀해지고
관직따위 높지 않아도 좋아.

마음이 흡족하면 빈천하지 않으니
부란 황금으로 온 방을 가득 메우는 것 만이랴?
내가 세상의 권력 있는 자를 보니
몸은 물질의 노예가 되고 있으며,
겉으로는 손을 들면 뜨거운 위광 있지만
심중은 살얼음을 밟듯 두려워하고 있네.
아침밥은 맛도 모르고 먹고
저녁에는 재물 잃을까 근심 가득.
다만 부귀라는 이름은 있지만
부귀에는 실(實)이 없지 않는가.

【註】

出府歸吾廬(출부귀오려)……태화(太和) 7년 4월, 병으로 하남윤(河南尹)을 사직하고 낙양에 있는 집으로 돌아가서 한가롭게 자연을 벗하며 지은 시.

干謁(간알)……사사로운 일로 청하는 것.

家僮(가동)……집에서 시중드는 하인. 어린 종.

櫪馬(역마)……마구간에 있는 말.

嵩碧(숭벽)……푸른 숭산(嵩山).

瑟瑟(슬슬)……녹옥(綠玉). 산의 푸름을 비유한 말.

榮秩(영질)……고위 관직.

炙手(자수)……권세가 성한 모양.

履冰(이빙)……살얼음을 밟는 듯 위험한 것. 주역에 나오는 말.

中慄慄(중률률)……마음속에 겁을 먹고 있는 것.
夕惕(석척)……겁을 내다.

效陶潛體詩(효도잠체시) 一

조음일배주 명심합원화 올연무소사 일고상한와
朝飮一杯酒 冥心合元和 兀然無所思 日高尙閑臥

모독일권서 회의여가화 흔연유소우 야심유독좌
暮讀一卷書 會意如嘉話 欣然有所遇 夜深猶獨坐

우득금상취 안현유여가 부다시중광 하필불능파
又得琴上趣 按絃有餘暇 復多詩中狂 下筆不能罷

유자삼사사 지용도주야 소이음우중 경순불출사
唯茲三四事 持用度晝夜 所以陰雨中 經旬不出舍

시오독왕인 심안시역과
始悟獨往人 心安時亦過

【譯】

아침에 한 잔 술 마시니
그윽한 마음 천지조화에 부합하네.
홀로 태연한 자세로 아무런 야심도 없이
해가 높이 떴건만 아직도 한가로이 누워 있네.
날 저물자 한 권의 책 읽으니
즐거운 벗과 말하듯 뜻이 통하며,
만날 사람 만난 듯 기쁨이 넘쳐
밤이 깊어도 여전히 홀로 앉았네.
또한 거문고에 흥을 느껴
줄 타니 더욱 한가로울 뿐.
시(詩) 속에서 더더욱 미친 듯하게
붓을 들어 휘갈기며 그칠 줄 모르니

오직 이러한 일들로서
낮과 밤을 지내는데,
음산한 장마철에도
십여 일을 두문불출하니
비로소 알았도다！ 고독하게 사는 사람만이
마음 편하게 세월 보낼 수 있다는 것을.

【註】

效陶潛體詩(효도잠체시)……도연명을 모방한 시. 모두 16수가 있다.
冥心(명심)……속에 있는 깊은 마음.
元和(원화)……우주의 근원
兀然(올연)……홀로 우뚝한 자세.
閒臥(한와)……한가롭게 누워 있다.
會意(회의)……뜻이 서로 부합하다.
嘉話(가화)……즐거운 이야기.
欣然(흔연)……마음속으로 매우 기뻐하다.
所遇(소우)……만나다.
按絃(안현)……줄을 누르다.
下筆(하필)……붓으로 내려 갈겨쓰다.
三四事(삼사사)……몇 가지 일.
經旬(경순)……십 일이 넘도록.
出舍(출사)……집에서 밖으로 나가다.

效陶潛體詩(효도잠체시) 二

예 예 유 월 음 침 침 련 일 우 개 렴 망 천 색 황 운 암 여 토
翳翳踰月陰 沈沈連日雨 開簾望天色 黃雲暗如土
행 료 훼 아 용 질 풍 괴 아 우 봉 유 생 정 원 니 도 실 장 포
行潦毁我墉 疾風壞我宇 蓬莠生庭院 泥塗失場圃
촌 심 절 빈 객 창 회 무 주 려 진 일 불 하 상 도 와 시 입 호
村深絶賓客 窗晦無儔侶 盡日不下牀 跳蛙時入户
출 문 무 소 왕 입 실 환 독 처 불 이 주 자 오 괴 연 여 수 어
出門無所往 入室還獨處 不以酒自娱 塊然與誰語

【譯】

한 달 이상 하늘은 구름 끼어 흐리고
매일 연달아 비가 오는데
주렴발 열고 하늘 바라보니
누런 구름이 흙과 같이 어둡고
장맛비는 우리 담을 무너트리며
강한 바람 우리 집을 망가트리는데,
잡초는 마당에 무성하고
진흙탕으로 밭도 잃어버렸네.
구석진 마을에는 찾는 사람도 없고
어두운 창에는 친구도 없어,
종일토록 침상에 누워 있으니
개구리가 문 안으로 뛰어들기도 하네.

문 밖에 나가도 갈 곳이 없고

방에 돌아와도 역시 나 홀로.

술 마시며 스스로 즐기지 않는다면

더불어 이야기할 사람도 없네.

【註】

翳翳(예예)……어두운 모양.
沈沈(침침)……깊은 모양. 비가 많이 오는 것을 말함.
行潦(행료)……길 위를 흐르는 물.
蓬莠(봉유)……쑥과 강아지풀 따위의 잡초.
庭院(정원)……마당.
泥塗(니도)……진흙탕.
場圃(장포)……전답.
儔侶(주려)……벗. 같은 또래.
塊然(괴연)……홀로 있는 모양.

效陶潛體詩(효도잠체시) 三

동 가 채 상 부　우 래 고 수 비　족 잠 북 당 전　우 랭 불 성 사
東家采桑婦　雨來苦愁悲　蔟蠶北堂前　雨冷不成絲

서 가 하 서 수　우 래 역 원 자　종 두 남 산 하　우 다 락 위 기
西家荷鋤叟　雨來亦怨咨　種豆南山下　雨多落爲萁

이 아 독 하 행　온 주 본 무 기　급 차 다 우 일　정 우 신 숙 시
而我獨何幸　醞酒本無期　及此多雨日　正遇新熟時

개 병 사 준 중　옥 액 황 금 치　지 완 이 가 열　환 상 유 여 자
開瓶瀉罇中　玉液黃金巵　持翫已可悅　歡嘗有餘滋

일 작 발 호 용　재 작 개 수 미　연 연 사 오 작　감 창 입 사 지
一酌發好容　再酌開愁眉　連延四五酌　酣暢入四肢

홀 연 유 물 아　수 부 분 시 비　시 시 련 석 우　명 정 무 소 지
忽然遺物我　誰復分是非　是時連夕雨　酩酊無所知

인 심 고 전 도　반 위 우 자 치
人心苦顚倒　反爲憂者嗤

【譯】

동쪽 집에 뽕 따는 여인
비가 와서 고생으로 시름 많은데,
북당(北堂) 섶에 올린 누에
차가운 비로 고치 만들지 않아.
서쪽 집에 밭 가는 노인
비가 와서 역시 원망하는데,
남산 아래 심은 콩
비가 많아 모두 빈 꼬투리 되었네.

그런데 나만은 다행인 것이
술을 빚는 것은 정한 기간 없고,
이렇게 비가 많은 때에 마침
새로 익은 술이 다 되니,
항아리 열어 병 속에 담고
옥 같은 액체를 황금 잔에 따라
바라만 봐도 이미 좋은데
맛을 보니 더더욱 좋아.

한 잔 마시니 얼굴색 좋아지고
두 잔 마시니 모든 시름 사라지고
연거푸 너덧 잔 마시니
취기는 사지에 돌아
홀연 나 자신과 만사를 잊게 되는데,
무엇과도 시비가 없어지니
이때는 연달아 밤비가 와도
취해서 알 수가 없게 되고,
마음의 시름 전도되어
도리어 비 근심하는 이의 비웃음 사네.

【註】

東家(동가)……동쪽에 사는 이웃.
蔟蠶(족잠)……누에가 고치를 만들 수 있도록 섶에 올리는 것.
怨咨(원자)……원망스럽고 슬픔.
萁(기)……속이 비어 있는 쭉정이.
醞酒(온주)……술을 거르다.

持翫(지완)……손에 들고 감상함.
歡嘗(환상)……기쁜 마음으로 바라봄.
餘滋(여자)……좋은 맛.
酣暢(감창)……술에 취해서 마음이 편안해지는 것.

效陶潛體詩(효도잠체시) 四

조역독취가 모역독취수 미진일호주 이성삼독취
朝亦獨醉歌 暮亦獨醉睡 未盡一壺酒 已成三獨醉

물혐음태소 차희환이치 일배불량배 다불과삼사
勿嫌飮太少 且喜歡易致 一盃復兩盃 多不過三四

편득심중적 진망신외사 갱부강일배 도연유만루
便得心中適 盡忘身外事 更復强一盃 陶然遺萬累

일음일석자 도이다위귀 급기명정시 여아역무리
一飮一石者 徒以多爲貴 及其酩酊時 與我亦無異

소사다음자 주전도자비
笑謝多飮者 酒錢徒自費

【譯】

아침에도 또한 홀로 취해 노래 부르고
저녁에도 역시 홀로 취해 잠을 자는데,
한 병의 술 다 마시기 전에
이미 나 홀로 세 번이나 취했네.
마시는 술 적다고 말하지 말게.
기쁘고 기분 좋은 것 즐기고 있으니.
한 잔 또 두 잔
많아도 서너 잔.
그리하여 기분 좋아지고
세상일 모두 잊게 되는데,
거기에 한 잔 더 마시면
황홀해서 만사를 다 잊어.

한번에 한 섬을 마시는 자
헛되이 많이 마신다고 자랑하지만
그리하여 취할 때는
나와 다를 바 아무 것도 없어.
웃으며 대주가에게 말하노니
술값 많이 들어 불쌍하다고.

【註】

陶然(도연)……황홀하고 기분이 좋음.
萬累(만루)……사소한 온갖 시름.
一石(일석)……한 말. 열 되.
笑謝(소사)……웃으며 고하다.
酒錢(주전)……술값.

效陶潛體詩(효도잠체시) 五

중추삼오야 명월재전헌 임상홀불음 억아평생환
中秋三五夜 明月在前軒 臨觴忽不飮 憶我平生歡
아유동심인 막막최여전 아유망형우 초초리여원
我有同心人 邈邈崔與錢 我有忘形友 迢迢李與元
혹비청운상 혹락강호간 여아불상견 어금사오년
或飛靑雲上 或落江湖間 與我不相見 於今四五年
아무축지술 군비어풍선 안득명월하 사인래오언
我無縮地術 君非馭風仙 安得明月下 四人來晤言
양야신난득 가기묘무연 명월우부주 점하서남천
良夜信難得 佳期杳無緣 明月又不駐 漸下西南天
개무타시회 석차청경전
豈無他時會 惜此淸景前

【譯】

중추절 15일 밤
달은 집 앞에 밝은데,
술잔 들었으나 갑자기 마실 수 없고
내가 평생 좋아하는 친구 생각이 나네.
나와 마음 나눈 친구
최현량(崔玄亮)과 전휘(錢徽)는 아득한 곳에 있고
내게 정신적인 벗
이건(李建)과 원진(元稹)은 멀리 떨어져 있구나.

어떤 이는 출세를 해 있고
어떤 이는 장강과 동정호 가에 표류하고 있으며,

나와 만나지 못한 지
벌써 지금까지 4, 5년.

나는 축지법도 못하고
그들도 바람을 타는 신선이 아니니,
밝은 달 아래 모여
네 사람이 이야기할 수도 없네.

이 좋은 밤에 만나기 어렵고
친구와 만나서 즐기지도 못하는데,
명월은 머물러 주지도 않으며
점차 서남으로 기울어만 가니,
다음에 다시 만날 수는 있겠으나
이 좋은 경치 너무나 아깝구나.

【註】

中秋三五夜(중추삼오야)……8월 15일 밤의 만월.
前軒(전헌)……처마 밑.
邈邈(막막)……아득히 먼 모양.
崔(최)……최현량(崔玄亮). 자는 회숙(晦叔). 정원(貞元) 18년에 시판발췌과(試判拔萃科)에 백락천과 함께 급제한 8명 가운데 한 사람.
錢(전)……전휘(錢徽). 자는 울장(蔚章). 시인 전기(錢起)의 아들.
忘形友(망형우)……정신세계를 공유하는 벗.
迢迢(초초)……아득한 모양.
李(이)……이건(李建). 자는 표직(杓直). 이때 호남 풍주(澧州)로 좌천되어 있었다.
元(원)……원진(元稹). 이때 강릉에 좌천되어 있었다.
靑雲上(청운상)……고위관직으로 일할 때.
江湖間(강호간)……양자강과 동정호 주변.
縮地術(축지술)……축지법.

馭風(어풍)……바람을 타고 공중을 날아감.
晤言(오언)……서로 마주보며 이야기를 함.

效陶潛體詩(효도잠체시) 六

가온음이진 촌중무주사 좌수금야성 기나추회하
家醞飮已盡 村中無酒賒 坐愁今夜醒 其奈秋懷何

유객홀고문 언어일하가 운시남촌수 설합래상과
有客忽叩門 言語一何佳 云是南村叟 挈榼來相過

차희준부조 안문소여다 중양수이과 이국유잔화
且喜罇不燥 安問少與多 重陽雖已過 籬菊有殘花

환래고주단 불각석양사 노인물거기 차대신월화
歡來苦晝短 不覺夕陽斜 老人勿遽起 且待新月華

객거유여취 경석독감가
客去有餘趣 竟夕獨酣歌

【譯】

집에서 빚은 술 이미 다 마셔 버리고
마을에는 술 파는 곳 없어.
이 밤 술 없이 지내려 하니
그 무엇으로 가을의 시름 달래리오.
문득 손님이 와 문 두드리니
그 목소리 얼마나 반가운지.
이르기를, 남촌의 노인인데
손에 술을 들고 찾아왔다고.
무엇보다 술통 비지 않아 기쁘며
술 많고 적음이 문제가 아니네.

중양절(重陽節)은 이미 지나갔으나

울타리 밑에 국화는 아직 남아 있고
즐거움 닥치니 낮이 짧은 것 걱정되는데,
모르는 사이 해가 기울어 가나
노인은 갑자기 일어나서 가지 마소.
잠시 달이 뜰 때까지 기다리시지요.
객은 돌아갔지만 여흥은 남아 있어
밤이 다할 때까지 홀로 취해서 노래 불렀네.

【註】

家醞(가온)……집에서 빚은 술.
叩門(고문)……문을 두드림.
挈榼(설합)……술병을 들고.
樽不燥(준부조)……술통에 가득 차지는 아니한다.
重陽(중양)……음력으로 9월 9일.
籬菊(이국)……울타리 밑에 핀 국화. 도연명의 시에 나오는 글귀.
新月華(신월화)……신월(新月)의 밝은 빛.
竟夕(경석)……밤새도록.
酣歌(감가)……술을 마시며 노래를 부름.

游襄陽懷孟浩然(유양양회맹호연)

초산벽암암 한수벽탕탕 수기결성상 맹씨지문장
楚山碧巖巖 漢水碧湯湯 秀氣結成象 孟氏之文章

금아풍유문 사인지기향 청풍무인계 일모공양양
今我諷遺文 思人至其鄕 清風無人繼 日暮空襄陽

남망록문산 애야유여방 구은부지처 운심수창창
南望鹿門山 藹若有餘芳 舊隱不知處 雲深樹蒼蒼

【譯】

초나라의 산 푸르고 높고 험한데,
한나라의 강은 맑고 유유히 흘러.
빼어난 기운 모여 절경을 이루니,
곧 맹씨(孟氏)의 문장이 되었네.
지금 나 그가 남기신 글을 읽고
그 사람 생각하며 그의 고향에 오니,
맑은 시풍(詩風)은 부는데 사람은 없고
해 저무는 양양(襄陽)은 비어 있는 듯.
남쪽 녹문산(鹿門山)을 바라보니
울창한 숲 속에 그 여운이 남아 있는 듯하나,
옛날에 은거하던 곳 알 수가 없으며
구름은 깊고 수목만 울창하네.

【註】

襄陽(양양)……한강 상류에 있는 지금의 호북성(湖北省) 북부의 도시. 백락천의 아버지는 여기서 지방 장관을 지냈다.

孟浩然(맹호연)……오언시로 유명한 성당(盛唐) 시대의 시인.
巖巖(암암)……바위가 중첩되고 산이 높아 험한 모양.
湯湯(탕탕)……강물이 도도히 흐르는 모양.
鹿門山(녹문산)……맹호연(孟浩然)이 은거하였다고 하는 양양(襄陽) 동남에 있는 산.
藹(애)……숲이 무성한 모양.

別元九後詠所懷(별원구후영소회)

영락동섭우 소조근화풍 유유조추의 생차유한중
零落桐葉雨 蕭條槿花風 悠悠早秋意 生此幽閑中
황여고인별 중회정무종 물운불상송 심도청문동
況與故人別 中懷正無悰 勿云不相送 心到青門東
상지개재다 단문동부동 동심일인거 좌각장안공
相知豈在多 但問同不同 同心一人去 坐覺長安空

【譯】

오동잎에 가을비 떨어지고
무궁화꽃에 부는 가을바람 슬프네.
쓸쓸하고 슬픈 초가을의 마음
고요하고 한적함 속에 일어나는데,
하물며 친구와 헤어지게 되니
마음속 진실로 즐겁지 않네.
송별하지 않았다고 말하지 말게.
마음은 동문(東門) 밖까지 갔었다네.
친구가 많은 것이 중요한 것 아니고
다만 뜻이 같은가 아닌가가 문제인데,
그런 동지 하나가 떠나가니
장안(長安)이 텅 빈 듯 느껴지네.

【註】

元九(원구)……원진(元稹).

零落(영락)……나뭇잎이 떨어지는 곳.
蕭條(소조)……쓸쓸한 모양.
槿花(근화)……무궁화.
悠悠(유유)……마음에 시름이 찬 모양.
故人(고인)……친구(親舊).
中懷(중회)……심중(心中).
靑門(청문)……한(漢)의 장안(長安) 성문 가운데 남동의 패성문(覇城門)의 색이 푸른색이므로, 청성문(靑城門) 또는 청문(靑門)이라 했다.

曲江感秋(곡강감추)

사초신우지 안류량풍지 삼년감추의 병재곡강지
沙草新雨地 岸柳涼風枝 三年感秋意 併在曲江池

조선이료려 만하부리피 전추거추사 일일생차시
早蟬已嘹唳 晚荷復離披 前秋去秋思 一一生此時

석인삼십이 추흥이운비 아금욕사십 추회역가지
昔人三十二 秋興已云悲 我今欲四十 秋懷亦可知

세월불허설 차신수일쇠 암로부자각 직도빈성사
歲月不虛設 此身隨日衰 暗老不自覺 直到鬢成絲

【譯】

새로 비 내린 땅에 풀 돋아나고
언덕에 서 있는 버들가지에 시원한 바람 부는데,
이 삼 년간에 느끼는 가을의 외로움은
모두 곡강(曲江) 언덕에 모여 있네.
매미는 이미 목 놓아 울어대고
늦게 핀 연꽃도 다시 져 버렸는데,
지난 가을과 작년 가을의 슬픔
일일이 이때 새로워지네.

옛 사람은 서른둘에
가을을 슬퍼하는 시를 지었는데,
나는 벌써 사십이 되려 하니
가을의 슬픔도 알 수 있겠네.

세월은 기다려 주지 아니하고
이 몸도 날로 쇠약해 가는데,
암암리에 늙어 가는 것을 자신은 모르나
곧 귀밑털이 흰 실이 되어 버리리라.

【註】

感秋意(감추의)……가을에 느끼는 외로움.
嘹唳(요려)……새나 벌레들이 우는 것을 나타냄.
晩荷(만하)……때를 놓치고 늦게 피는 연꽃.
離披(이피)……꽃이나 풀들이 흩어진 모양.
昔人三十二(석인삼십이)……진(晋)의 번악(藩岳)은 미모로 유명했는데, 32세 때 추흥부(秋興賦)를 지어 더욱 유명해졌다.
虛設(허설)……이름만 있고 실체가 없음.

病中哭金鑾子(병중곡금란자)

개 료 오 방 병　번 비 여 부 전　와 경 종 침 상　부 곡 취 등 전
豈料吾方病　飜悲汝不全　臥驚從枕上　扶哭就燈前

유 녀 성 위 루　무 아 개 면 련　병 래 재 십 일　양 득 이 삼 년
有女誠爲累　無兒豈免憐　病來纔十日　養得已三年

자 루 수 성 병　비 장 우 물 견　고 의 유 가 상　잔 약 상 두 변
慈淚隨聲迸　悲腸遇物牽　故衣猶架上　殘藥尚頭邊

송 출 심 촌 항　간 봉 소 묘 전　막 언 삼 리 지　차 별 시 종 천
送出深村巷　看封小墓田　莫言三里地　此別是終天

【譯】

어찌 예상했으리, 내 병중에
너의 죽음을 슬퍼하게 될 줄이야.
누워 있다가 놀라서 일어나
부축 받으며 등불 앞에서 통곡하니,
딸자식이란 진실로 애물단지지만
아들이 없으니 슬프지 않을 수 없네.
병이 나서 겨우 십여 일
길러온 지는 이미 삼 년.
사랑의 눈물은 곡소리와 함께 솟아나오고
무엇을 봐도 단장의 슬픔 가슴을 치는데,
입던 옷 아직도 시렁 위에 있고
먹다 남은 약 지금도 머리맡에 있네.

마을 안 길을 떠나보내고
작은 묘를 쓰는 것을 보니,
집에서 겨우 삼리(三里) 떨어졌으나
이 이별이 영원한 이별.

【註】

病中哭金鑾子(병중곡금란자)……금란자(金鑾子)는 백락천의 딸이고, 태어나서 세 살 때 죽었다. 이 시는 딸의 죽음을 슬퍼해서 지은 글이다.

架(가)……옷을 거는 시렁.

封(봉)……분묘를 만들다.

墓田(묘전)……묘지.

終天(종천)……영구(永久). 무한의 시간.

重到渭上舊居(중도위상구거)

구거청위곡 개문당채도 십년방일환 기욕미귀로
舊居清渭曲 開門當蔡渡 十年方一還 幾欲迷歸路

추사석일행 감상고유처 삽류작고림 종도성로수
追思昔日行 感傷故游處 插柳作高林 種桃成老樹

인경성인자 진시구동유 시문구로인 반위요촌묘
因驚成人者 盡是舊童孺 試問舊老人 半爲繞村墓

부생동과객 전후체래거 백일여롱주 출몰광부주
浮生同過客 前後遞來去 白日如弄珠 出沒光不住

인물일개변 거목비소우 회념념아신 안득불쇠모
人物日改變 擧目悲所遇 回念念我身 安得不衰暮

주안소불헐 백발생무삭 유유산문외 삼봉색여고
朱顏銷不歇 白髮生無數 唯有山門外 三峯色如故

【譯】

옛날 살던 집은 맑은 위수 굽어 도는 곳.
문을 열면 눈앞이 바로 채도(蔡渡).
십년 만에 비로소 돌아와 보니
돌아오는 길도 잘 몰라 헤맬 것만 같은데,
옛날 거닐던 곳을 생각하고
옛날 놀던 곳에선 감상에 젖네.

그때 꽂은 버들은 큰 나무가 되었고
심은 복숭아는 노목이 되어 있는데,
놀란 것은 만나는 어른들이

모두 그 옛날의 아이들.
옛날의 노인들 안부를 물었더니
반은 마을 주변에 묘가 되었다네.

인생은 나그네와 같아서
앞서거니 뒤서거니 오고 가는 것.
일월은 염주의 구슬같이 돌아
뜨고 지고 세월은 머물지 않네.

인간도 만물도 날로 변하는 것.
눈을 들어 바라보니 슬프지 않을 수 없고,
다시 내 몸 뒤돌아 살펴보니
이 어찌 늙고 쇠약하지 않았으리.

홍안은 사라져 버렸고
백발은 무수히 돋아났는데,
오직 산문(山門) 그 밖
삼봉(三峰)만이 옛 그대로이네.

【註】

重到渭上舊居(중도위상구거)……백락천은 정원(貞元) 20년(804년) 봄, 교서랑(校書郞)이 되었을 때 하규(下邽)에 살다가 모친의 상을 당해 다시 이곳으로 오게 되었다.

淸渭曲(청위곡)……맑은 위수의 강이 굽어 도는 강가.

蔡渡(채도)……위수(渭水)에 있는 나루터의 이름.

故游(고유)……옛날에 거닐던 곳.

揷柳(삽류)……옛날에 삽목(揷木)했던 버드나무.

童孺(동유)……유가의 어린이.

過客(과객)……나그네.

浮生(부생)……인생(人生). 정처 없이 떠다닌다는 뜻.

弄珠(농주)……농환(弄丸). 손에 염주 구슬을 돌린다.

衰暮(쇠모)……나이가 들어 쇠약해지다.

朱顏(주안)……홍안(紅顏).

山門(산문)……절의 문.

三峯(삼봉)……화산(華山)의 연화(蓮華), 모녀(毛女), 송회(松檜)를 말함.

秋遊原上(추유원상)

칠 월 행 이 반　조 량 천 기 청　청 신 기 건 즐　서 보 출 시 형

七月行已半　早涼天氣清　清晨起巾櫛　徐步出柴荊

노 장 공 죽 랭　풍 금 월 초 경　한 휴 제 질 배　동 상 추 원 행

露杖筇竹冷　風襟越蕉輕　閑攜弟姪輩　同上秋原行

신 조 미 전 적　만 과 유 여 형　의 의 전 가 수　설 차 상 봉 영

新棗未全赤　晩瓜有餘馨　依依田家叟　設此相逢迎

자 아 도 차 촌　왕 래 백 발 생　촌 중 상 식 구　노 유 개 유 정

自我到此村　往來白髮生　村中相識久　老幼皆有情

유 련 향 모 귀　수 수 풍 선 성　시 시 신 우 족　화 서 협 도 청

留連向暮歸　樹樹風蟬聲　是時新雨足　禾黍夾道青

견 차 령 인 포　하 필 대 서 성

見此令人飽　何必待西成

【譯】

칠월도 이미 반은 지나가니
아침은 서늘하고 날씨는 맑네.
시원한 아침에 일어나 머리 빗고
천천히 사립문 밖으로 나가는데,
이슬에 젖은 싸늘한 지팡이에
월(越)나라산 가벼운 파초 옷 입고,
한가해서 동생과 조카도 데리고
함께 가을의 들판을 갔네.

풋대추는 아직 다 붉게 익지 않았고

늦게 익은 참외에는 그래도 향기 나는데,
고맙게도 시골의 노인
이것들을 내놓고 맞아 주는데,
나는 이 마을에 와서
이들과 왕래하는 사이에 백발도 생겨났네.
마을에는 오래도록 사귄 사람도 있고
노인이나 젊은이 모두 정이 있어,
오래도록 놀다가 저녁에야 돌아오니
나무마다 쓰르라미 울어대네.
올해는 초가을의 비도 충분해
곡식들이 길가에 푸르게 자라고 있어,
이를 보기만 해도 사람을 배부르게 하니
반드시 추수를 기다릴 것도 없네.

【註】

早涼(조량)……아침의 시원함.
淸晨(청신)……시원한 아침.
巾櫛(건즐)……머리를 빗고 단장을 함.
柴荊(시형)……가시나 잡목으로 만든 문.
露杖(노장)……이슬에 젖은 지팡이.
風襟(풍금)……바람에 나부끼는 옷깃.
依依(의의)……사모하는 모양.
設此(설차)……이것을 차려서 접대를 해 준다.
留連(유련)……그리워서 차마 떠날 수가 없다.
向暮(향모)……날이 저물어서야.
風蟬(풍선)……쓰르라미. 매미.
禾黍(화서)……곡식.
西成(서성)……수확의 시기.

感舊(감구)

회숙분황초이진 몽득묘습토유신 미지연관장일기
晦叔墳荒草已陳 夢得墓溼土猶新 微之捐館將一紀

표직귀구이십춘 성중수유고제댁 정무원폐생형진
杓直歸丘二十春 城中雖有故第宅 庭蕪園廢生荊榛

협중역유구서찰 지천자두성회진 평생정교취인착
篋中亦有舊書札 紙穿字蠹成灰塵 平生定交取人窄

굴지상지유오인 사인선거아재후 일지포류쇠잔신
屈指相知唯五人 四人先去我在後 一枝蒲柳衰殘身

개무만세신상식 상식면친심불친 인생막선고장명
豈無晩歲新相識 相識面親心不親 人生莫羨苦長命

명장감구다비신
命長感舊多悲辛

【譯】

회숙(晦叔)의 분묘 황폐해서 풀 우거지고
몽득(夢得)의 묘는 새롭고 흙도 마르지 않았으며,
미지(微之) 죽은 지 벌써 십이 년이 되려 하고
표직(杓直) 죽은 지 이십 년이 되었네.
성안에는 그들의 저택이 지금도 있으나
마당과 정원 황폐해서 가시덩굴 우거지고,
내 문갑 속에 그들의 편지 아직도 있으나
종이는 찢어지고 글자는 좀먹어 회진(灰塵)이 되었네.

평생 사귀는 사람 한정되어 있어서

손꼽아 보아도 서로 아는 사람 오직 다섯.
네 사람은 먼저 가고 나 홀로 남았으니
이 몸도 노쇠하여 마치 버들가지 같은 모양이네.

어찌 만년에 알게 된 사람 없겠냐마는
서로 얼굴은 알아도 마음은 친하지 않으니,
인생이란 장수한다는 것도 부러운 것이 아니네.
명이 길면 옛일 생각하고 슬픈 일도 많아지기 때문이네.

【註】

感舊(감구)……옛일을 생각하다.
晦叔(회숙)……최현량(崔玄亮). 자가 회숙. 태화(太和) 7년 각주자사로 부임했다가 신임지에서 죽었으며, 백락천과 같은 해 급제했으며, 백락천의 절친한 친구.
夢得(몽득)……유우석(劉禹錫). 자가 몽득. 백락천과 동갑이며 오랜 벗이다.
捐館(연관)……죽는다는 뜻.
一紀(일기)……12년.
杓直(표직)……이건(李建). 자가 표직.
歸丘(귀구)……죽는다는 말.
荊榛(형진)……가시덤불과 잡목.
篋中(협중)……작은 문갑 속.
書札(서찰)……편지.
蒲柳(포류)……떡버들. 여기서는 병든 몸에 비유함.

二年三月五日齋畢開素當食偶吟贈妻弘農郡君
(이년삼월오일재필개소당식우음증처홍농군군)

수족지체창 신기개중당 초욱범렴막 미풍불의상
睡足支體暢 晨起開中堂 初旭泛簾幕 微風拂衣裳

이비부관즐 쌍동여점상 정동유무수 기하다음량
二婢扶盥櫛 雙童舁簟床 庭東有茂樹 其下多陰涼

전월사재계 작일산도장 이아구소소 가변잉리량
前月事齋戒 昨日散道場 以我久蔬素 加籩仍異糧

방린백여설 증적가계강 도반홍사화 조옥신락장
魴鱗白如雪 蒸炙加桂薑 稻飯紅似花 調沃新酪漿

좌이포해미 간지초해방 노련구상미 병희비문향
佐以脯醢味 間之椒薤芳 老憐口尚美 病喜鼻聞香

교애삼사색 색포요아방 산처미거안 참수이선상
嬌騃三四孫 索哺遶我傍 山妻未擧案 饞叟已先嘗

억동뇌근초 가빈공조강 금식차여차 하필팽저양
憶同牢巹初 家貧共糟糠 今食且如此 何必烹豬羊

황관인족간 부처반존망 해로불이득 백두하족상
況觀姻族間 夫妻半存亡 偕老不易得 白頭何足傷

식파주일배 취포음우광 면상량고사 낙도희문장
食罷酒一盃 醉飽吟又狂 緬想梁高士 樂道喜文章

도과오희작 불해증맹광
徒誇五噫作 不解贈孟光

【譯】

잠 충분히 자 수족 쭉 펴고

새벽에 일어나 중당(中堂) 문을 여니,

아침 햇빛 휘장에 비치는데
산들바람 옷깃을 스쳐가네.
두 노비 도움으로 세수하고 빗질하고
두 동자가 대나무 자리 펴는데,
정원 동쪽에 무성한 숲이 있고
그 밑이 그늘 짙어 시원하네.

전월부터 재계(齋戒)를 마치고
어제 도장에서 물러 왔으니
내가 오래도록 채식을 하였다고
맛있는 음식 푸짐하게 장만했는데,
방어의 비늘은 눈과 같이 희고
삶은 고기에는 계육과 생강으로 맛을 냈네.
쌀밥은 꽃과 같이 붉은데,
새로 빚은 장으로 간을 보아
포와 회의 맛을 더 좋게 하고
고추와 달래도 곁들여 놓았네.

늙어지니 입도 맛있는 것을 좋아하고
병후(病後)라서 향기 나는 것 즐기는데,
철없는 손자 삼사 명
먹을 것을 바라 내 옆에 둘러앉았고
처가 아직 먹으라 하지도 않는데
탐내는 늙은이 벌써 맛을 보네.

생각하니 결혼 초엔
집이 가난해서 술찌끼와 겨를 먹었는데,
오늘 이렇게 상을 잘 차리니
돼지고기와 양고기 없어도 좋네.
하물며 친척들을 바라보니
남편과 아내 중 반은 죽었는데,
해로(偕老)라는 것은 쉬운 일 아니니
부부 함께 백발인 우리 무엇을 슬퍼하리.

식사 마치고 술 한 잔 마시고
취하고 포식하고 또 미친 듯이 노래하다
아득히 생각하니, 고사(高士) 양홍(梁鴻)은
도를 즐기고 문장을 좋아했지만
다만 오희(五噫)의 노래지어 자랑했으나
나와 같이 처에게 보내는 것은 몰랐네.

【註】

二年三月五日齋畢開素(이년삼월오일재필개소)……무종(武宗) 회창(會昌) 2년 3월 5일, 절에서 정진(精進)을 마치고 술과 고기를 먹게 되었을 때 지은 시.
弘農郡君(홍농군군)……백락천의 처 양(楊)씨가 받은 칭호.
肢體(지체)……수족(手足).
中堂(중당)……집의 본채. 정침(正寢).
初旭(초욱)……처음 떠오르는 해.
盥櫛(관즐)……세수하는 것과 빗질하는 것.
簟床(점상)……가는 대나무로 만든 의자.
齋戒(재계)……정진(精進). 기도.
道場(도장)……불도를 수행하는 장소. 절.

蔬素(소소)……채식.
加籩(가변)……요리의 가짓수를 많이 하다.
魴鱗(방린)……방어.
蒸炙(증적)……삶은 고기와 구운 고기.
桂薑(계강)……향신료의 일종.
調沃(조옥)……간을 맞추다.
椒薤(초해)……고추와 달래.
嬌騃(교애)……철부지.
山妻(산처)……자기의 처를 겸손하게 부르는 말.
擧案(거안)……밥상을 눈높이까지 높이 들어 올리는 것. 맹광(孟光)의 처의 고사에서, 처가 남편을 섬긴다는 말.
饞叟(참수)……입이 천한 노인.
憶同牢(억동뇌)……결혼하다.
糟糠(조강)……가난한 사람들이 먹는 등겨와 술찌끼.
半存亡(반존망)……반쯤은 죽고 반쯤은 살아 있다.
梁高士(양고사)……맹광(孟光)의 남편인 양홍(梁鴻).
五噫作(오희작)……양홍(梁鴻)이 지은 오희가(五噫歌). 낙양을 보고 시름에 차서 지은 노래.

渭村雨歸(위촌우귀)

위 수 한 점 락 이 리 포 패 묘 한 방 사 변 립 간 인 예 위 초
渭水寒漸落 離離蒲稗苗 閑旁沙邊立 看人刈葦苕
근 수 풍 경 랭 청 명 유 적 요 부 자 석 음 기 야 사 중 소 조
近水風景冷 晴明猶寂寥 復玆夕陰起 野思重蕭條
소 조 독 귀 로 모 우 습 촌 교
蕭條獨歸路 暮雨濕村橋

【譯】

위수(渭水)의 물 추위 속에 점점 줄어들고

물가엔 부들과 피 길게 자라났는데,

한가롭게 모래언덕에 서서

사람들이 갈대 베는 것 바라보네.

물가 풍경은 냉랭(冷冷)하여

맑은 날에도 오히려 적적하네.

하물며 저녁마저 다가오니

들판에서의 느낌 더욱 쓸쓸하네.

쓸쓸한 가운데 홀로 돌아오니

모우(暮雨)는 마을의 다리를 적시네.

【註】

離離(이리)……긴 모양.
葦苕(위초)……갈대 꽃
蕭條(소조)……쓸쓸하다.

香山避暑(향산피서)

육 월 탄 성 여 맹 우　향 산 루 북 창 사 방
六月灘聲如猛雨　香山樓北暢師房
야 심 기 빙 란 간 립　만 이 잔 원 만 면 량
夜深起凭欄干立　滿耳潺湲滿面涼

【譯】

유월의 여울물 소리, 마치 소나기 소리 같아.
향산(香山) 누각 북쪽 문창(文暢) 스님 방에 있다네.
밤은 깊은데 일어나 난간에 기대서니
온 귀에 흐르는 물소리 만면에는 냉기가 가득하네.

【註】

香山(향산)……낙양(洛陽) 서남에 있는 향산사(香山寺).
灘聲(탄성)……여울물 소리.
暢師(창사)……향산사(香山寺)의 고승(高僧) 문창(文暢).
潺湲(잔원)……물이 흐르는 소리.

尋春題諸家園林(심춘제제가원림)

모 수 년 로 욕 하 여 흥 우 춘 견 상 유 여
貌隨年老欲何如 興遇春牽尚有餘
요 견 인 가 화 편 입 불 론 귀 천 여 친 소
遙見人家花便入 不論貴賤與親疎

【譯】

얼굴 해마다 늙어 가나 어찌할 수 없지만
흥은 봄을 만나니 더욱 깊어지기만 하는데,
멀리 인가에 꽃이 보이면 거기 들어가
귀천과 친소를 가리지 않네.

【註】

年老(연로)……해마다 늙어 감.
便入(편입)……들어가다.

楊柳枝詞(양류지사)

의 의 뇨 뇨 부 청 청 구 인 춘 풍 무 한 정
依依嫋嫋復青青 勾引春風無限情
백 설 화 번 공 박 지 녹 사 조 약 불 승 앵
白雪花繁空撲地 綠絲條弱不勝鶯

【譯】

나긋나긋 한들한들 푸르게 물들 때
봄바람을 끌어들여 한없는 정 불러일으켜,
백설과 같은 흰 꽃 온 하늘과 땅을 넘치도록 덮고
푸른 가지 나약해서 꾀꼬리 앉아도 부러질 듯.

【註】

依依(의의)……가지가 길어 사물에 기대는 것.
嫋嫋(요뇨)……귀여운 모양.
勾引(구인)……끌어들이다.

早冬(조동)

시월강남천기호 가련동경사춘화 상경미살처처초
十月江南天氣好 可憐冬景似春華 霜輕未殺萋萋草

일난초건막막사 노자섭황여눈수 한앵지백시광화
日暖初乾漠漠沙 老柘葉黃如嫩樹 寒櫻枝白是狂花

차시각선한인취 오마무유입주가
此時却羨閑人醉 五馬無由入酒家

【譯】

시월의 강남은 날씨도 좋은데

아아, 겨울 경치 마치 봄과 같이 좋구나！

서리는 얕아서 풀들을 죽이지 않고

햇볕 따뜻해 비로소 사막의 모래 건조되네.

산뽕나무 노목의 누런 잎은 마치 새 잎 같고

앵두나무의 차가운 가지 흰 것은 미친 꽃이 핀 듯하네.

이럴 때 부러운 것은 취해 있는 한가한 사람들.

오마(五馬) 어사인 나는 술집에도 못 가네.

【註】

十月(시월)……음력 시월은 겨울이 시작되는 달.
可憐(가련)……감동을 나타내는 말. / 萋萋(처처)……풀이 무성한 모양.
漠漠(막막)……넓고 끝이 없는 모양.
老柘(노자)……산뽕나무의 고목.
狂花(광화)……철을 모르고 핀 미친 듯한 꽃.
五馬(오마)……자사(刺史). 당(唐)과 한(漢)에서는 자사(刺史)나 태수(太守)가 외출할 때는 오두마차(五頭馬車)를 탔다.

杭州春望(항주춘망)

망해루명조서하 호강제백답청사 도성야입오원묘
望海樓明照曙霞 護江堤白蹋晴沙 濤聲夜入伍員廟
유색춘장소소가 홍수직릉과시대 청기고주진리화
柳色春藏蘇小家 紅袖織綾誇柿帶 青旗沽酒趁梨花
수개호사서남로 초록군요일도사
誰開湖寺西南路 草綠裙腰一道斜

【譯】

망해루(望海樓)에 새벽 노을 밝게 비추고
호강제(護江堤)의 흰 모래 밟으며 산책하네.
파도소리는 밤 되니 오원묘(伍員廟)까지 들리고
봄 버들은 소소소(蘇小小)의 집 가에서 싹트네.
붉은 소매의 소녀가 짜는 비단 시대화(柿帶花)는 명물이고,
푸른 깃발 단 술집에 이화춘(梨花春)은 잘 팔리네.
누가 만들었나! 고산사(孤山寺) 서남의 길.
비스듬한 언덕길에 푸른 풀 피어 소녀의 치마와 흡사하네.

【註】

杭州春望(항주춘망)……항주(抗州) 자사로 재직 중 지음.
望海樓(망해루)……항주성(抗州城) 남쪽에 있는 누각.
曙霞(서하)……새벽 노을.
護江堤(호강제)……전당강(錢塘江)의 제방.
伍員廟(오원묘)……오자서(伍子胥)를 모신 묘. 그는 이름이 원(員)이며, 춘추시대 초(楚)나라 사람이다. 아버지와 형이 왕에게 살해되자 오(吳)로 도망을 가서 오왕(吳王)을 도와 공을 세

웠으나, 뒤에 자기가 충성을 다한 오왕(吳王) 부차(夫差)에게 죽음을 당하는데, 그가 죽자 오(吳)도 망했다.

蘇小(소소)……소소소(蘇小小). 남재(南齋) 때의 유명한 기생. 묘가 서호(西湖) 가에 있다.

柹帶(시대)……항주(抗州) 명산인 붉은색 비단.

靑旗(청기)……술집의 간판.

趁梨花(진리화)……이화춘(梨花春)이라는 술 이름. 배꽃이 필 무렵 익는다고 해서 이화춘이라고 한다.

湖寺(호사)……고산사(孤山寺).

裙腰(군요)……부인의 치마.

商山路有感(상산로유감)

억 작 징 환 일 　삼 인 귀 로 동 　차 생 도 시 몽 　전 사 선 성 공
憶昨徵還日　三人歸路同　此生都是夢　前事旋成空
표 직 천 매 옥 　우 평 촉 과 풍 　유 잔 락 천 재 　두 백 향 강 동
杓直泉埋玉　虞平燭過風　唯殘樂天在　頭白向江東

【譯】

생각하니 작년 내가 장안으로 소환되던 날
세 사람이 돌아오는 길 같았는데,
그러나 이 세상 일 모두 꿈과 같아
지난 일은 모두 공(空)이 되고 말았네.
이표직(李杓直)은 황천에 몸을 묻고
최우평(崔虞平)은 바람 앞에 촛불처럼 꺼지고,
오직 나 백락천(白樂天)만 살아남아서
흰 머리 하고 장강(長江) 동쪽을 향하고 있네.

【註】

商山路有感(상산로유감)……항주(抗州) 자사로 부임하는 도중 내향현(內鄕縣) 남정(南亭)에서 지은 것으로 생각됨.

三人(삼인)……서문(序文)에 이표직(李杓直), 최우평(崔虞平) 그리고 백락천(白樂天) 세 사람을 가리킴.

泉埋玉(천매옥)……죽었다는 뜻. 천(泉)은 황천을 뜻함.

燭過風(촉과풍)……촛불이 바람에 꺼지듯 죽었다는 뜻.

江東(강동)……양자강 하류의 우안(右岸) 일대.

聞夜砧(문야침)

수 가 사 부 추 도 백	월 고 풍 처 침 저 비	팔 월 구 월 정 장 야
誰家思婦秋擣帛	月苦風凄砧杵悲	八月九月正長夜
천 성 만 성 무 료 시	응 도 천 명 두 진 백	일 성 첨 득 일 경 사
千聲萬聲無了時	應到天明頭盡白	一聲添得一莖絲

【譯】

누구네 집 생각 많은 부인일까, 가을밤 다듬이질 하는 이.

달도 슬프고 바람 쓸쓸한데 다듬이 소리도 슬퍼.

8월 9월은 밤도 길고 긴데,

천 번 만 번 다듬이 소리 그칠 줄 모르네.

이대로 날 밝을 때까지 하면 머리가 희게 셀걸!

소리 한 번에 백발 한 개씩 더 늘어나니

【註】

思婦(사부)……먼 길 떠난 남편을 생각하는 부인.
月苦(월고)……가슴을 에듯 달이 밝게 비치고 있는 모양.
風凄(풍처)……바람이 차다.
砧杵(침저)……다듬잇돌과 다듬이 방망이.
一莖絲(일경사)……한 가닥의 백발.

春江(춘강)

염 량 혼 효 고 추 천　불 각 충 주 이 이 년　폐 합 지 청 조 모 고
炎涼昏曉苦推遷　不覺忠州已二年　閉閤只聽朝暮鼓

상 루 공 망 왕 래 선　앵 성 유 인 래 화 하　초 색 구 류 좌 수 변
上樓空望往來船　鶯聲誘引來花下　草色勾留坐水邊

유 유 춘 강 간 미 염　영 사 요 석 록 잔 원
唯有春江看未厭　縈砂遶石淥潺湲

【譯】

더위와 추위 속에 밤과 낮은 옮겨 가고
어언 충주(忠州)에 온 지도 이미 이 년.
문을 닫고 듣는 아침 저녁 알리는 북소리.
누각에 올라 허망하게 오가는 배 바라보네.
꾀꼬리 소리에 이끌려 꽃 밑에 오고
풀색 굽어보다가 물가에 앉기도 하는데,
오직 봄의 강은 보아도 싫증이 나지 않아.
맑은 물이 자갈을 돌고 돌을 돌아 흐르고 있네.

【註】

春江(춘강)……양자강 상류를 노래하고 있음.
炎涼(염량)……더위와 추위.
昏曉(혼효)……아침과 저녁.
推遷(추천)……옮겨 가다.
朝暮鼓(조모고)……아침 저녁을 알리는 북소리.
勾留(구류)……붙잡다.
潺湲(잔원)……물이 흐르는 모양.

東樓(동루)

맥맥부맥맥	동루무숙객	성암운무다	협심전지착
脈脈復脈脈	東樓無宿客	城暗雲霧多	峽深田地窄
소등상류염	신금초전핵	욕지산고저	불견동방백
宵燈尚留焰	晨禽初展翮	欲知山高低	不見東方白

【譯】

이야기하고 또 이야기하고 싶어도
동루(東樓)에는 쉬어 가는 나그네 없으며,
성에는 구름과 안개 끼어 어둡고
계곡은 깊어 전답도 적네.
밤의 등불 아직도 꺼지지 않았는데
벌써 새벽 새들이 날기 시작하네.
산의 높고 낮음 알고자 하나
동쪽 하늘은 좀처럼 밝아지지 않네.

【註】

脈脈(맥맥)……정을 갖고 쳐다보는 모양.
展翮(전핵)……날개를 펴다.

제 5 장

感傷(감상)의 歌行(가행)

長恨歌(장한가)

한 황 중 색 사 경 국　어 우 다 년 구 부 득　양 가 유 녀 초 장 성
漢皇重色思傾國　御宇多年求不得　楊家有女初長成

양 재 심 규 인 미 식　천 생 려 질 난 자 기　일 조 선 재 군 왕 측
養在深閨人未識　天生麗質難自棄　一朝選在君王側

회 모 일 소 백 미 생　육 궁 분 대 무 안 색　춘 한 사 욕 화 청 지
廻眸一笑百媚生　六宮粉黛無顏色　春寒賜浴華清池

온 천 수 골 세 응 지　시 아 부 기 교 무 력　시 시 신 승 은 택 시
溫泉水滑洗凝脂　侍兒扶起嬌無力　始是新承恩澤時

운 빈 화 안 금 보 요　부 용 장 난 도 춘 소　춘 소 고 단 일 고 기
雲鬢花顏金步搖　芙蓉帳暖度春宵　春宵苦短日高起

종 차 군 왕 부 조 조　승 환 시 연 무 한 가　춘 종 춘 유 야 전 야
從此君王不早朝　承歡侍宴無閒暇　春從春遊夜專夜

후 궁 가 려 삼 천 인　삼 천 총 애 재 일 신　금 옥 장 성 교 시 야
後宮佳麗三千人　三千寵愛在一身　金屋粧成嬌侍夜

옥 루 연 파 취 화 춘　자 매 제 형 개 렬 토　가 련 광 채 생 문 호
玉樓宴罷醉和春　姉妹弟兄皆列土　可憐光彩生門戶

수 령 천 하 부 모 심　부 중 생 남 중 생 녀　여 궁 고 처 입 청 운
遂令天下父母心　不重生男重生女　驪宮高處入青雲

선 락 풍 표 처 처 문　완 가 만 무 응 사 죽　진 일 군 왕 간 부 족
仙樂風飄處處聞　緩歌慢舞凝絲竹　盡日君王看不足

어 양 비 고 동 지 래　경 파 예 상 우 의 곡　구 중 성 궐 연 진 생
漁陽鞞鼓動地來　驚破霓裳羽衣曲　九重城闕煙塵生

천 승 만 기 서 남 행　취 화 요 요 행 복 지　서 출 도 문 백 여 리
千乘萬騎西南行　翠華搖搖行復止　西出都門百餘里

육 군 불 발 무 나 하　완 전 아 미 마 전 사　화 전 위 지 무 인 수
六軍不發無奈何　宛轉蛾眉馬前死　花鈿委地無人收

취교금작옥소두 군왕엄면구부득 회간혈루상화류
翠翹金雀玉搔頭 君王掩面救不得 迴看血淚相和流

황애산만풍소색 운잔영우등검각 아미산하소인행
黃埃散漫風蕭索 雲棧縈紆登劍閣 峨嵋山下少人行

정기무광일색박 촉강수벽촉산청 성주조조모모정
旌旗無光日色薄 蜀江水碧蜀山青 聖主朝朝暮暮情

행궁견월상심색 야우문령장단성 천선지전회룡어
行宮見月傷心色 夜雨聞鈴腸斷聲 天旋地轉迴龍馭

도차주저불능거 마외파하니토중 불견옥안공사처
到此躊躇不能去 馬嵬坡下泥土中 不見玉顏空死處

군신상고진첨의 동망도문신마귀 귀래지원개의구
君臣相顧盡沾衣 東望都門信馬歸 歸來池苑皆依舊

태액부용미앙류 부용여면류여미 대차여하불루수
太液芙蓉未央柳 芙蓉如面柳如眉 對此如何不淚垂

춘풍도리화개야 추우오동섭락시 서궁남내다추초
春風桃李花開夜 秋雨梧桐葉落時 西宮南內多秋草

궁섭만계홍불소 이원제자백발신 초방아감청아로
宮葉滿階紅不掃 梨園弟子白髮新 椒房阿監青娥老

석전형비사초연 고등도진미성면 지지종고초장야
夕殿螢飛思悄然 孤燈挑盡未成眠 遲遲鐘鼓初長夜

경경성하욕서천 원앙와랭상화중 비취금한수여공
耿耿星河欲曙天 鴛鴦瓦冷霜華重 翡翠衾寒誰與共

유유생사별경년 혼백부증래입몽 임공도사홍도객
悠悠生死別經年 魂魄不曾來入夢 臨邛道士鴻都客

능이정성치혼백 위감군왕전전사 수교방사은근멱
能以精誠致魂魄 爲感君王展轉思 遂敎方士殷懃覓

배공어기분여전 승천입지구지편 상궁벽락하황천
排空馭氣奔如電 升天入地求之遍 上窮碧落下黃泉

양 처 망 망 개 불 견　홀 문 해 상 유 선 산　산 재 허 무 표 묘 간
兩處茫茫皆不見　忽聞海上有仙山　山在虛無縹渺間

누 각 령 롱 오 운 기　기 중 작 약 다 선 자　중 유 일 인 자 태 진
樓閣玲瓏五雲起　其中綽約多仙子　中有一人字太眞

설 부 화 모 참 차 시　금 궐 서 상 고 옥 경　전 교 소 옥 보 쌍 성
雪膚花貌參差是　金闕西廂叩玉扃　轉敎小玉報雙成

문 도 한 가 천 자 사　구 화 장 리 몽 혼 경　남 의 추 침 기 배 회
聞道漢家天子使　九華帳裡夢魂驚　攬衣推枕起徘徊

주 박 은 병 리 이 개　운 빈 반 편 신 수 각　화 관 부 정 하 당 래
珠箔銀屛邐迤開　雲鬢半偏新睡覺　花冠不整下堂來

풍 취 선 메 표 표 거　유 사 예 상 우 의 무　옥 용 적 막 루 란 간
風吹仙袂飄飄擧　猶似霓裳羽衣舞　玉容寂寞淚闌干

이 화 일 지 춘 대 우　함 정 응 제 사 군 왕　일 별 음 용 량 묘 망
梨花一枝春帶雨　含情凝睇謝君王　一別音容兩渺茫

소 양 전 리 은 애 절　봉 래 궁 중 일 월 장　회 두 하 망 인 환 처
昭陽殿裡恩愛絶　蓬萊宮中日月長　迴頭下望人寰處

불 견 장 안 견 진 무　유 장 구 물 표 심 정　전 합 금 채 기 장 거
不見長安見塵霧　唯將舊物表深情　鈿合金釵寄將去

채 류 일 고 합 일 선　채 벽 황 금 합 분 전　단 령 심 사 금 전 견
釵留一股合一扇　釵擘黃金合分鈿　但令心似金鈿堅

천 상 인 간 회 상 견　임 별 은 근 중 기 사　사 중 유 서 량 심 지
天上人間會相見　臨別殷勤重寄詞　詞中有誓兩心知

칠 월 칠 일 장 생 전　야 반 무 인 사 어 시　재 천 원 작 비 익 조
七月七日長生殿　夜半無人私語時　在天願作比翼鳥

재 지 원 위 련 리 지　천 장 지 구 유 시 진　차 한 면 면 무 절 기
在地願爲連理枝　天長地久有時盡　此恨綿綿無絶期

【譯】

한나라 황제는 색을 좋아해서 경국의 미인을 그리워했으나
집권하여 오랜 세월 찾았으나 구하지 못하였다네.
양가(楊家)에 딸이 자라서 겨우 성인이 되었지만
깊은 규방에서 자라나 사람들은 알지 못했네.
타고난 아름다움은 그대로 묻힐 리 없으니
어느 날 선발되어 황제 곁에 가게 되었네.
눈을 돌려 웃으면 온갖 매력이 생겨나고
여섯 궁전에 분단장한 여인네 모두 얼굴을 못 들었네.
봄기운 아직 찬데 화청궁(華淸宮)의 온천욕 허락되니,
온천물은 기름이 응고한 것 같은 흰 피부를 씻어
시녀들이 부축해서 일으켜 세웠으나 몸의 힘 다 빠진 듯.
이것이 처음 황제의 성은을 받았을 때라네.
구름 같은 머리, 꽃 같은 얼굴, 금으로 만든 머리 장식
부용 꽃무늬 휘장 속 따뜻한 방에서 봄 밤을 보내니,
봄 밤은 너무나 짧고 해가 높이 솟아야 일어나는데
이때부터 군왕은 이른 아침 조회에 불참하게 되었네.

황제를 즐겁게 하는 연회에는 꼭 참여해 여가도 없고
봄에는 봄놀이를 따르고 밤에는 오직 홀로 받드니,
후궁의 미녀 삼천 명이나 있었으나
삼천 명의 총애 오직 혼자 독점했다네.
황금으로 꾸민 궁전에서 곱게 단장하고 교태로 시중들며,
옥루(玉樓)에서 연회 마치면 그 취한 모습도 봄과 어울리네.
자매와 형제 모두 영토를 하사받아 제후가 되니

아아, 일문일가에 광채가 솟아 빛나도다.
마침내 천하의 모든 부모 마음
아들 낳으면 실망하고 딸을 중히 여기게 되었다네.

여산(玉樓) 아래 궁전은 구름 위에 솟아 있고
신선의 음악 같은 풍악 바람 따라 들려오는데,
느린 가락 느슨한 춤이 빈틈없이 가락과 어울리니
진종일 군왕은 보고 또 봐도 만족하지 아니했는데,
이때 어양(漁陽)에서 대지를 흔드는 전고 소리 울리니
예상우의(霓裳羽衣)의 곡은 놀라서 그치고 말았네.

구중궁궐은 연기와 흙먼지에 휩싸여
황제의 행렬은 서남쪽으로 가게 되니,
비취 새 깃털로 장식한 천자의 깃발 가다가 멈추다가.
장안의 서쪽 문 나와 백여 리 갔을 때 양귀비 일가에게 불만 품은
근위군 움직이지 않으며, 양귀비 처단 요구하니 어쩔 수가 없어.
마침내 양귀비는 황제의 말 앞에서 죽고 말았네.
그녀의 꽃비녀 땅에 떨어진 채 아무도 거두는 이 없고
취교(翠翹), 금작(金雀), 옥소두(玉搔頭) 모두 버려지니,
군왕은 손으로 얼굴 가린 채 구해 줄 수도 없어.
떠나며 뒤돌아보고 우는 눈물엔 양귀비의 피와 함께 피눈물 흘렀네.

누런 먼지 흩날리고 부는 바람도 쓸쓸한 피난 길.
구름 사이에 걸린 잔도(棧道)는 검각산(劍閣山)으로 돌아드는데,
아미산(峨嵋山) 아래는 길 가는 사람도 적어.

정기(旌旗)도 빛을 잃고 햇빛도 엷은데
촉(蜀)의 강물 푸르고 촉의 산 푸르지만
황제는 아침마다 밤마다 슬픈 생각뿐.
행궁(行宮)에서 달을 보면 빛은 마음 상하게 하고
밤 비 속에 듣는 풍경 소리 간장을 도려내는 듯.

이윽고 반란이 평정되어 천지 되돌려 환궁할 새
양귀비 죽은 곳에 다다르자 주저하며 떠나지를 못하는데,
마외파(馬嵬坡) 진흙 속에
꽃다운 얼굴 안 보이고 허무한 무덤뿐.
군신은 서로 돌아보며 눈물로 옷 적시며
동쪽 바라보고 말 가는 대로 맡겨 시름으로 돌아가네.

돌아와 보니 뜰과 연못 모두 옛 그대로인데
태액지에 연꽃 미앙궁에 푸른 버들.
연꽃은 양귀비의 얼굴 같고 버들잎은 눈썹 같은데,
이것들을 대하니 어찌 눈물 흘리지 않으리.
봄바람에 복사꽃, 오얏꽃 피는 밤.
가을비에 오동잎 떨어질 때
서쪽 궁전도 남쪽 흥경궁(興慶宮)에도 가을 풀 많은데
계단에 낙엽 진 단풍 가득해도 밟고 돌아오는 이 없고,
궁중의 가수와 무용수도 이제 백발이 생겨나오며
초방(椒房)에서 양귀비 시중들던 궁녀도 늙어졌노라.

밤 궁전을 나는 반딧불 봐도 더욱 쓸쓸하고

외롭게 타던 등불 꺼져도 잠을 이룰 수 없는데,
시각을 알리는 북소리 겨우 울리니 밤은 더욱 길기만 하고
은하수 번쩍이니 하늘 밝을 때까지 밤은 길기도 길어라.
원앙새 무늬 새긴 기와에 차가운 서리 내렸고
비취 자수한 차가운 이불 속에 누구와 함께 자리.
아득하여라, 생사로 이별한 지 그 몇 년이나 지났던가?
혼백마저 꿈속에 한번도 찾아오지 않네.

임공의 도사로 장안 홍도에 사는 자가
능히 정성으로 죽은 자의 혼을 불러올 수 있다기에
양귀비 그리워 잠도 못 자는 황제 마음에 감동해서
마침내 방사를 시켜 정성껏 찾아보도록 하였는데,
하늘로 치달아 기(氣)를 타고 번개같이 달려
하늘에도 오르고 땅속으로도 들어가 모든 곳을 찾더니,
위로는 벽락(碧落) 아래로는 황천(黃泉)까지 갔으나
두 곳 모두 망망하여 양귀비의 혼을 찾아볼 수가 없었네.

홀연 듣기로 해상에 신선들이 사는 산이 있는데
산은 아무 것도 없는 안개 속에 있으며,
오색의 구름 뚫고 영롱한 누각이 우뚝 솟아 빛나
그 궁전 속에 우아하고 아름다운 선녀가 많이 있어,
그 가운데 한 사람 태진(太眞)이라 부르며
흰눈같이 맑은 살결, 꽃답고 어여쁜 얼굴, 마치 양귀비 같다 하네.

황금대문 들어가 서쪽의 방문 두드려서

소옥(小玉)이란 시종시켜 몸종 쌍성(雙成)에게 전갈하니,
한(漢)나라 천자의 사자라는 말을 듣고
구화장(九華帳) 방장 속에 잠자던 영은 눈을 뜨고
옷을 걸치고 베개를 밀어놓고 일어나 서성대며
구슬 발 병풍을 차례차례로 열더니,
구름 같은 머리 쪽은 비스듬히 잠에서 깨어나
화관(花冠)도 바로 쓰지 않고 당에서 내려오니
바람이 불어 이 선녀의 옷깃 팔랑팔랑 움직이는데,
마치 저 예상우의(霓裳羽衣)의 춤을 보는 듯.
아름다운 얼굴에 눈물 흘러 난간에 떨어지니
마치 한 가지 배꽃이 봄비에 젖은 듯.

사무치는 정 은근한 눈초리로 황제에게 인사하며,
이별한 뒤 용안도 옥음도 뵈옵고 듣지 못하였습니다.
소양전(昭陽殿)에서 받은 은혜 이제 긴 채로
이 봉래궁(蓬萊宮)에서 긴 세월 보냈습니다.
머리 돌려 아래의 인간세상 보아도
장안(長安)은 안개와 흙먼지만 보일 뿐 보이지 않습니다.
다만 옛날 쓰던 물건으로 간절한 마음 표시할 따름인데,
자개함과 금비녀를 드릴까 해서
비녀는 한 가닥을, 함은 한 쪽씩을 간직하고자
황금 비녀 반쪽이 되고 자개함은 나누어졌나이다.
다만 서로의 마음이 이 금과 자개같이 굳기만 하다면
천상과 인간세상으로 갈라져 있어도 꼭 만날 수 있습니다.

헤어질 때 간곡한 부탁으로 노랫말을 전하니
그 가사 중에 두 사람만 아는 마음의 약속이 노래되어 있었네.
7월 7일 장생전(長生殿)에서
깊은 밤 아무도 모르게 주고받은 이야기.
하늘에선 비익조(比翼鳥)가 됩시다,
땅에서는 연리(連理) 가지가 됩시다, 라고.
하늘도 땅도 다할 때가 있으련만
두 사람의 이 서러운 한은 이어져 끊길 날이 없으리라.

【註】

長恨歌(장한가)……당의 현종(玄宗)과 양귀비(楊貴妃)의 비극을 읊은 서사시. 안록산(安祿山)의 난을 피해 촉(蜀)으로 피난을 가던 도중 마외파(馬嵬坡)에 이르자 현종의 근위병들이 양국충(楊國忠)을 죽이고 이어서 양귀비마저 처벌할 것을 강력히 요구했다. 안록산(安祿山)에게 쫓기는 몸인 현종은 꼼짝 못하고 눈물을 머금고 이를 허락하였으며, 마침내 사랑하던 양귀비는 병사들의 무참한 창칼아래 죽게 되었다. 그때 현종은 71세, 양귀비는 38세였다. 그 후 난이 진압되고 다시 환궁한 늙은 현종은 비탄에 젖어 자나깨나 양귀비를 연모하였다. 이렇듯 애절했던 현종의 비련(悲戀)을 백락천이 한무제(漢武帝)와 이(李)부인의 고사에 가탁하여 생생하게 그린 작품이다.

傾國(경국)……절세의 미인.

御宇(어우)……천자의 치세(治世).

六宮(육궁)……후비(后妃)의 총칭.

粉黛(분대)……분과 눈썹먹.

華淸池(화청지)……여산(驪山)에 있었던 화청궁(華淸宮) 가운데 온천.

凝脂(응지)……응고한 지방. 맑고 깨끗한 피부를 말함.

侍兒(시아)……시중 드는 아이.

恩澤(은택)……천자의 총애.

雲鬢(운빈)……아름다운 검은 머리.
金步搖(금보요)……금으로 만든 비녀. 거기 달려서 늘어진 다섯 색깔의 옥이 걸어가면 흔들리므로 보요(步搖)라 한다.
芙蓉帳(부용장)……연꽃을 수놓은 침실의 휘장.
後宮(후궁)……궁녀가 있는 어전.
金屋(금옥)……황금으로 장식한 좋은 집.
玉樓(옥루)……좋은 전각.
醉和春(취화춘)……취한 마음이 봄바람과 잘 어울림.
可憐(가련)……감동하였을 때 쓰는 말. "아아!"와 같은 뜻.
驪宮(여궁)……화청궁(華淸宮).
緩歌慢舞(완가만무)……느린 가락의 음악과 느린 동작의 무용.
漁陽(어양)……지금의 하북성(河北省) 부근. 안록산(安祿山)의 근거지.
鞞鼓(비고)……기병이 말 위에서 울리는 공격 개시의 북.
驚破(경파)……놀라게 하다.
霓裳羽衣曲(예상우의곡)……개원(開元) 연간에 양경술(楊敬述)이 작곡한 곡. 원래는 파라문(婆羅門)이라 했다.
九重(구중)……천자가 있는 곳.
千乘(천승)……제후(諸侯)의 나라.
西南行(서남행)……현종(玄宗)이 천보(天寶) 15년, 장안에서 피난 간 것을 말함.
翠華(취화)……물총새 깃털로 장식한 깃발. 천자의 깃발.
六軍(육군)……국왕의 호위 군대.
宛轉(완전)……부드럽고 자유롭게 움직이는 모양.
娥眉(아미)……미인.
花鈿(화전)……꽃으로 장식한 비녀.
翠翹(취교)……물총새 깃털로 된 목걸이.
金雀(금작)……공작 모양을 본 딴 금제 머리 장식.
玉搔頭(옥소두)……보석으로 만든 비녀.
雲棧(운잔)……구름까지 닿을 듯한 높은 가교(架橋).
縈紆(영우)……구불구불 굽어져 있어 돌아가다.
劍閣(검각)……사천성(四川省) 검각현(劍閣縣)에 있는 험소(險所). 크고 작은 산봉우리 사이에 잔도(棧道)가 있다.
峨嵋山(아미산)……사천성(四川省) 아미현(蛾眉縣) 서쪽에 있는 명산.

天旋地轉(천선지전)……안록산(安祿山)의 난 때 당군(唐軍)이 양경(兩京)을 탈환한 것.

廻龍馭(회룡어)……안록산(安祿山)의 난 때 적군을 물리치고 현종(玄宗)과 숙종(肅宗)이 장안으로 돌아가는 것을 말함.

龍馭(용어)……천자가 타는 가마.

太液(태액)……당(唐)의 대명궁(大明宮) 함량전(含涼殿) 뒤에 있던 태액지(太液池).

未央(미앙)……한(漢)의 미앙궁(未央宮).

西宮南內(서궁남내)……안록산(安祿山)의 난 뒤, 태상황(太上皇)이 된 현종(玄宗)은 처음 흥경궁(興慶宮)에 있다가 서내(西內) 감로전(甘露殿)으로 옮겼다.

梨園弟子(이원제자)……당서(唐書) 예악지(禮樂志)에 따르면 현종(玄宗)은 가무를 하는 제자 300명을 선발해서 이원(梨園)에서 교육하고, 황제의 이원(梨園) 제자라 칭하였다.

椒房(초방)……황후의 거처.

阿監(아감)……황후의 거처를 관리하는 여관(女官).

靑娥(청아)……아름답고 고운 눈썹.

鴛鴦瓦(원앙와)……원앙(鴛鴦)새가 쌍으로 조각된 기와.

悠悠(유유)……아득히 먼 모양.

臨邛(임공)……공래산(邛崍山). 사천성(四川省)의 명산.

道士(도사)……도교(道敎)의 포교자.

鴻都(홍도)……한궁(漢宮)의 문 이름. 그 가운데 서원이 있으며, 학생이 있었다.

展轉(전전)……안민하지 못하고 이리저리 뒤척이는 모양.

方士(방사)……선술(仙術)을 행하는 자. 도사(道士).

碧落(벽락)……천계(天界). 도인경(度人經)에 동방 제일천은 벽하(碧霞)가 가득 차 있는데, 이것을 벽락(碧落)이라 한다고 했다.

黃泉(황천)……지하에 있는 샘. 사람이 죽으면 지하에 장사지낸다. 그래서 지하(地下)라는 말로도 쓰인다.

茫茫(망망)……멀고 넓은 모양.

縹緲(표묘)……아득하고 가물가물한 모양.

玲瓏(영롱)……밝고 아름다운 모양.

五雲(오운)……오색의 구름. 선궁(仙宮)을 둘러싼 서기.

綽約(작약)……아름다운 모습. 장자(莊子) 소요유(逍遙遊)에 '작약(綽約)함이 처자(處子)와 같다.'라는 말이 있다.
仙子(선자)……선녀(仙女).
太眞(태진)……양귀비(楊貴妃)는 개원(開元) 28년에 수왕(壽王)의 비(妃)를 그만두고 도사가 되어 태진(太眞)이라 했다. 천보(天寶) 4년에 내린 조(詔)에 '태진비양씨(太眞妃楊氏)를 귀비(貴妃)로 한다.'라고 한 것이 보인다.
參差(참차)……아, 그렇게도 생각된다.
金闕(금궐)……궁성의 문.
西廂(서상)……궁전의 본전 옆에 있는 방.
玉扃(옥경)……옥으로 만든 선궁(仙宮)의 문.
小玉(소옥)……오왕(吳王) 부차(夫差)의 딸 이름.
雙成(쌍성)……오왕(吳王) 부차(夫差)의 딸을 시중드는 하녀 이름. 한무내전(漢武內傳)에 서왕모(西王母)의 시녀 동쌍성(董雙成)이라는 자가 있었다고 기록되어 있다.
九華帳(구화장)……많은 꽃을 수놓아 장식한 휘장.
夢魂驚(몽혼경)……잠자던 혼이 눈을 뜨다.
珠箔(주박)……주렴. 진주를 장식한 주렴.
銀屛(은병)……은으로 만든 병풍.
邐迤(이이)……이어진 모양.
花冠(화관)……아름다운 관.
飄飄(표표)……바람에 날려 올라가는 모양.
玉容(옥용)……아름다운 얼굴.
淚闌干(누란간)……눈물이 흐름.
凝睇(응제)……아름다운 눈으로 지긋이 바라봄.
渺茫(묘망)……물이 아득히 많은 모양. 기억이 희미해지는 모양.
昭陽殿(소양전)……한(漢)의 후궁(後宮). 소양사(昭陽舍). 한(漢) 성제(成帝)는 조비연(趙飛燕) 자매를 여기에 두었다.
人寰(인환)……인간세상.
鈿合(전합)……황금으로 만든 비녀.
長生殿(장생전)……여산(驪山) 화청궁(華淸宮)에 있는 궁으로, 신에게 제사를 올리기 위한 곳.
比翼鳥(비익조)……남방에 산다는 새 이름.

連理枝(연리지)……한 나무에 붙은 두 가지. 사이좋은 부부에 비유.
綿綿(면면)……이어져 끊이지 않는 모양.

琵琶引(비파인) 幷序(병서)

심양강두야송객 풍섭적화추슬슬 주인하마객재선
潯陽江頭夜送客 楓葉荻花秋瑟瑟 主人下馬客在船

거주욕음무관현 취불성환참장별 별시망망강침월
擧酒欲飮無管絃 醉不成歡慘將別 別時茫茫江浸月

홀문수상비파성 주인망귀객불발 심성암문탄자수
忽聞水上琵琶聲 主人忘歸客不發 尋聲暗問彈者誰

비파성정욕어지 이선상근요상견 첨주회등중개연
琵琶聲停欲語遲 移船相近邀相見 添酒回燈重開宴

천호만환시출래 유포비파반차면 전축발현삼량성
千呼萬喚始出來 猶抱琵琶半遮面 轉軸撥絃三兩聲

미성곡조선유정 현현엄억성성사 사소평생부득지
未成曲調先有情 絃絃掩抑聲聲思 似訴平生不得志

저미신수속속탄 설진심중무한사 경롱만년말부도
低眉信手續續彈 說盡心中無限事 輕攏慢撚抹復挑

초위예상후육요 대현조조여급우 소현절절여사어
初爲霓裳後六幺 大絃嘈嘈如急雨 小絃切切如私語

조조절절착잡탄 대주소주락옥반 한관앵어화저활
嘈嘈切切錯雜彈 大珠小珠落玉盤 閒關鶯語花底滑

유인천류빙하란 수천랭삽현응절 응절불통성잠헐
幽咽泉流冰下難 水泉冷澀絃凝絶 凝絶不通聲暫歇

별유유수암한생 차시무성승유성 은병사파수장병
別有幽愁暗恨生 此時無聲勝有聲 銀瓶乍破水漿迸

철기돌출도창명 곡종수발당심화 사현일성여렬백
鐵騎突出刀槍鳴 曲終收撥當心畫 四絃一聲如裂帛

동선서방초무언 유견강심추월백 침음방발삽현중
東船西舫悄無言 唯見江心秋月白 沈吟放撥插絃中

정돈의상기렴용 자언본시경성녀 가재하마릉하주
整頓衣裳起斂容 自言本是京城女 家在蝦蟆陵下住

십삼학득비파성 명속교방제일부 곡파증교선방복
十三學得琵琶成 名屬教坊第一部 曲罷曾教善方服

장성매피추랑투 오릉년소쟁전두 일곡홍초부지수
粧成每被秋娘妬 五陵年少爭纏頭 一曲紅綃不知數

전두은비격절쇄 혈색라군번주오 금년환소부명년
鈿頭銀篦擊節碎 血色羅裙翻酒汚 今年歡笑復明年

추월춘풍등한도 제주종군아이사 모거조래안색고
秋月春風等閒度 弟走從軍阿姨死 暮去朝來顏色故

문전랭락안마희 노대가작상인부 상인중리경별리
門前冷落鞍馬稀 老大嫁作商人婦 商人重利輕別離

전월부량매다거 거래강구수공선 요선명월강수한
前月浮梁買茶去 去來江口守空船 遶船明月江水寒

야심홀몽소년사 몽제장루홍란간 아문비파이탄식
夜深忽夢少年事 夢啼粧淚紅闌干 我聞琵琶已歎息

우문차어중즐즐 동시천애륜락인 상봉하필증상식
又聞此語重喞喞 同是天涯淪落人 相逢何必曾相識

아종거년사제경 적거와병심양성 심양지벽무음락
我從去年辭帝京 謫居臥病潯陽城 潯陽地僻無音樂

종세불문사죽성 주근분강지저습 황로고죽요댁생
終歲不聞絲竹聲 住近湓江地低濕 黃蘆苦竹繞宅生

기간단모문하물 두견제혈원애명 춘강화조추월야
其間旦暮聞何物 杜鵑啼血猿哀鳴 春江花朝秋月夜

왕왕취주환독경 개무산가여촌적 구아조찰난위청
往往取酒還獨傾 豈無山歌與村笛 嘔啞啁哳難爲聽

금야문군비파어 여청선락이잠명 막사갱좌탄일곡
今夜聞君琵琶語 如聽仙樂耳暫明 莫辭更坐彈一曲

위군번작비파행 감아차언량구립 각좌촉현현전급
爲君翻作琵琶行 感我此言良久立 卻坐促絃絃轉急

처처불사향전성 만좌중문개엄읍 취중읍하수최다
淒淒不似向前聲 滿座重聞皆掩泣 就中泣下誰最多

강주사마청삼습
江州司馬青衫濕

【譯】

심양강(潯陽江) 가에서 밤 늦게 손님을 전송하네.
단풍잎은 붉고 갈대꽃은 희고 밤기운은 쓸쓸하여라.
주인인 나는 말에서 내렸고 나그네는 배에 있는데
잔을 들어 술을 마시려 해도 음악이 없구나.
취해도 흥이 없고 마음 침울한 채 곧 이별을 하려 하는데
망망한 넓은 대강(大江)에는 달 그림자가 떠 있네.
이때 문득 강을 타고 들려오는 비파 소리.
주인은 돌아가는 것을 잊고 객도 출발을 중지했네.
어둠 속에 소리 따라 “타는 자가 누군가?” 하고 물으니,
비파소리 끊긴 채 수줍은 듯 대답이 없네.
배를 저어 가까이 가 그 여자를 초청하고
술을 더하고 등불을 돌려 거듭 이별연을 열고자,
천번 만번 부르고 청하자 겨우 나타났건만
비파를 안은 채 얼굴을 가리고 있어라.

꼭지를 틀어 조이고 두서너 번 두둥둥 줄을 조이니
아직 곡을 타지 않았지만 벌써 정이 담겨나네.
연주가 시작되니 네 가닥 줄을 눌러 온갖 소리 내며
마치 평생의 못 다한 한을 호소하는 듯
얼굴을 숙이고 손 가는 대로 이어서 여러 곡 타니,
가슴속에 사무친 무한한 일들을 다 털어놓을 듯
가볍게 눌렀다가 살짝 꼬집듯, 소리를 죽였다가는 탕 튀기는데,
처음에 것은 예상(霓裳)의 곡, 뒤에 것은 녹요(綠腰)의 곡.
굵은 줄은 좔좔 소나기가 급히 쏟아져 내리는 듯
가는 줄의 애절한 작은 소리는 마치 속삭이는 듯.
굵은 소리와 가는 소리가 뒤섞여 연주를 하니
마치 굵은 진주와 작은 진주알이 옥쟁반에 구르는 듯.
때로는 꽃 사이를 나는 앵무새 소리같이 부드럽다가도
혹은 샘물이 울면서 얼음 낀 여울을 힘겹게 내려가는 듯.
마침내 물줄기가 차게 얼어붙은 듯 비파 줄이 굳어지며
잠시 동안 소리가 완전히 끊기는 때도 있는데,
그러면 다시 가슴 깊이 묻혔던 슬픔과 원한이 복받쳐 오르는 듯.
이때는 소리 나지 않는 것이 나는 것보다 더 좋네.
갑자기 은 항아리 깨져 물 쏟아져 나오듯 다시 튀기며
철갑 두른 기마병이 창칼을 들고 돌진해 나오는 듯한 소리 내더니
곡을 마치고 채를 거두어 가슴 앞에 일자를 그리고
네 줄을 동시에 튀기니 비단을 찢는 듯
동쪽에 있던 배도 서쪽에 있던 배도 조용히 소리가 없고
오직 망망한 강 가운데 가을 달만 보일 뿐.

침울한 표정으로 채를 거두어 줄에 꽂아놓고
옷차림을 고치고 일어나 용모를 가다듬어
신세타령 하는 말이, "본시 나는 장안에서 태어났고
집은 하마릉(蝦蟆陵) 아래 기생촌이었는데
열세 살에 이미 비파 타는 것을 배웠고
교방(敎坊) 제일가는 곳에 등록이 되었다오.
연주를 마칠 때마다 스승들도 탄복을 하였고
화장을 하면 언제나 기생들의 투기를 받았다오.
오릉(五陵)의 젊은이들은 다투어 화대(花代)를 보내 왔고
한 곡 끝날 때마다 받은 비단 부지기수였다오.
금비녀 옥비녀를 장단 맞추노라 꺾어 부셨고
붉은 비단 치마는 술을 쏟아 얼룩이 졌는데,
금년도 웃고 재미있고 또 다음해도 거듭 즐겁게
가을 달과 봄 바람도 그런 대로 보냈소이다.
동생은 군대에 입대하고 숙모는 돌아가시고
날이 가고 달이 가니 내 얼굴도 시들어져,
어언 문전에는 말 타고 오는 이 적어졌으며
나이 들어 시집을 가 상인의 아내 되었다오.
상인은 돈벌이만 소중하고 이별 따위 가볍게 여겨
지난 달 부량(浮梁)으로 차를 사러 갔다오.
나는 줄곧 홀로 강가에서 빈 배를 지키며 지내는데,
그 배 가에는 밝은 달과 차가운 강물만 넘쳐흘러
깊은 밤 홀연 젊었을 때 꿈을 꾸니
꿈속에서 울어 화장도 망가지고 피눈물만 넘쳐흘렀다오."

나는 비파 소리를 들었을 때 이미 탄식했는데
이 이야기를 들으니 거듭 슬퍼졌네.
너와 나 다함께 하늘 끝에 떨어진 흘러온 신세.
이렇게 만나니 굳이 지난날에 아는 사이 아니라도 좋아.
나는 작년 장안(長安)에서 쫓겨나
심양성(潯陽城)에 유배되어 병이 든 몸.
심양은 벽지라서 음악과 풍류가 없고
일년 내내 현악이나 관악 소리 들을 수 없었노라.
사는 곳은 분강(湓江) 가까운 저습한 곳.
황색 갈대와 억센 왕대가 집 주위에 나 있고
그 사이에서 아침 저녁 무슨 소리 듣냐 하면
피를 토하는 두견새 소리와 슬픈 원숭이 울음소리.
봄철 강변의 아침과 가을철 밝은 달밤엔
가끔 술을 받아 홀로 잔을 기울일 때도 있는데,
어찌 산촌에도 노래와 피리소리 없었으랴만
어설프고 소란하고 탁한 소리 듣기가 즐겁지 않았네.
오늘밤 그대가 타는 비파소리 들으니
마치 신선의 음악을 듣는 듯 귀가 잠시 맑아지니
사양 말고 다시 앉아 한 곡 더 타 준다면
그대 위해 내가 비파행(琵琶行)의 시를 지으리.

내 말에 감동되어 한참 서 있다가
고쳐 앉아 줄을 타니 이번에는 급한 곡조.
전보다 더욱 처절한 비파소리에
모든 사람 이를 듣고 눈물이 흘러 손으로 가리는데,

그 중에서 가장 많이 운 자가 누구인가 하면
강주(江州) 사마(司馬)인 내 푸른 옷이 흠뻑 젖었네.

【註】

琵琶引(비파인) 幷序(병서)……원화(元和) 10년, 나는 구강군(九江郡) 사마(司馬)로 좌천되었다. 다음해 가을 객을 분포구(湓浦口)에 송별하고 배 안에서 밤에 비파를 타는 소리를 들었다. 그 소리를 들으니 가락에 경도(京都)의 소리가 숨어 있었다. 그에게 물어보니 본래 장안(長安)의 기생이었으며 비파를 목(穆)과 조(曹) 두 재사(才士)에게 배웠는데, 나이를 먹고 늙어지자 몸을 가인(賈人)에게 맡겨 아내가 되었다고 한다. 술을 가져오라 명하고 몇 곡을 타게 했더니, 곡을 다 마친 다음 스스로 어릴 때 즐거웠던 일과 지금의 퇴락한 신세가 되어 강호를 유람하는 일들을 말했다. 내가 관계에 나온 지 2년, 모든 일 평탄하지 못한데, 이 사람의 말을 듣고 느낀 바 있으며, 이 밤에 좌천에도 의의가 있다는 것을 알았다. 그래서 긴 노래를 지어 이를 보낸다. 모두 616자인데 비파인(琵琶引)이라 명한다.

楓葉(풍섭)……아름다운 단풍잎.

瑟瑟(슬슬)……쓸쓸하게 부는 바람소리.

茫茫(망망)……광대(廣大)한 모양.

邀(요)……초청하다.

轉軸(전축)……비파의 현을 조이는 꼭지.

撥絃(발현)……현악기의 줄을 튀겨 소리를 내다.

掩抑(엄억)……눌리다.

輕攏慢撚抹復挑(경롱만년말부도)……농(攏), 연(撚), 말(抹), 도(挑)는 모두 비파를 타는 수법. 농(攏)은 현을 누르는 것이고, 연(撚)은 가볍게 튀기는 것, 말(抹)은 소리를 지우는 수법, 도(挑)는 소리를 나게 하는 연주법.

霓裳(예상)……곡(曲)의 이름. 장한가(長恨歌)에도 보인다.

六幺(육요)……비파 곡(曲)의 이름.

大絃(대현)……굵은 줄.

小絃(소현)……가는 줄.
切切(절절)……가늘고 급한 소리.
錯雜(착잡)……섞이고 어울리다.
閒關(한관)……두견새의 소리.
花底(화저)……꽃 아래.
幽咽(유인)……작은 소리로 울먹이며 울다.
冰下難(빙하란)……샘물이 얼음 밑을 흘러가기 어려운 상태.
銀甁(은병)……은으로 만든 술 항아리.
鐵騎(철기)……강한 기마병.
當心畫(당심화)……가슴 앞에서 일자를 그림.
裂帛(열백)……비단을 자르는 소리.
西舫(서방)……서쪽에 있는 배.
江心(강심)……강 한가운데.
沈吟(침음)……깊은 생각에 잠기다.
斂容(염용)……용의를 단정하게 하다.
京城(경성)……서울.
蝦蟆陵(하마릉)……당(唐) 국사보(國史補)에 동중서(董仲舒)의 묘는 문인들이 그 앞을 지날 때 말에서 내렸으므로 하마릉(下馬陵)이라고 했는데, 그것을 잘못 말하여 하마릉(蝦蟆陵)이라 하게 되었다고 한다. 장안 남쪽에 있다.
敎坊(교방)……속악(俗樂)을 관장하는 관청으로, 고조(高祖) 무덕(武德) 말, 내교방(內敎坊)이 설치되었고, 현종(玄宗) 때 자우교방이 생겨났으며, 신성산악창우(新聲散樂倡優)의 기능을 가르쳤다.
秋娘(추랑)……남경(南京)의 여인으로 시가(詩歌)를 잘했고, 이기(李錡)의 첩이었으나 그가 죽은 뒤에 궁중을 나갔으며, 목종(穆宗) 때 황자(皇子)의 부모(傅姆)가 되었다.
五陵年少(오릉년소)……장안 북쪽 한의 오릉 부근에는 부호가 많이 사는데, 그들의 자녀들은 오릉소년이라 말함.
纏頭(전두)……옛날 무희들이 춤을 출 때 비단을 목에 감고 구경을 하다가 춤이 끝나면 그 비단을 풀어서 무희에게 주는 것을 전두라고 한다. 즉, 기생들에게 주는 화대(花代).
紅綃(홍초)……붉은 비단.

鈿頭銀篦(전두은비)……조개와 은으로 만든 머리 장식용 소품.
擊節(격절)……박자를 맞추다.
血色(혈색)……붉은 색.
等閑(등한)……마음에 두지 않음. 함부로.
阿姨(아이)……이모(姨母).
顏色故(안색고)……안색이 나빠지다.
浮梁(부량)……지금의 강서성(江西省) 부량현(浮梁縣) 동북 지방.
紅闌干(홍란간)……화장한 얼굴에 눈물이 흘러서 붉은 물이 흐르는 것.
唧唧(즐즐)……탄식하며 나오는 소리.
淪落(윤락)……영락(零落).
苦竹(고죽)……전죽(箭竹).
杜鵑(두견)……자규(子規). 두우(杜宇).
嘔啞(구아)……잡악(雜樂)의 소리.
啁哳(조찰)……시끄럽고 조잡한 소리.
卻坐(각좌)……원래 자리에 앉음.
淒淒(처처)……처참하다.
向前(향전)……먼저 것 만한 것.
青衫(청삼)……푸른 상의. 당(唐)에서는 팔품(八品), 구품(九品)의 관복이 청색이다.

三年除夜(삼년제야)

석 석 료 화 광　온 온 납 주 향　치 치 동 치 희　초 초 세 야 장
晰晰燎火光　氳氳臘酒香　嗤嗤童稚戲　迢迢歲夜長

당 상 서 장 전　장 유 합 성 행　이 아 년 최 장　차 제 래 칭 상
堂上書帳前　長幼合成行　以我年最長　次弟來稱觴

칠 십 기 점 근　만 연 심 이 망　불 유 소 환 락　겸 역 무 비 상
七十期漸近　萬緣心已忘　不唯少歡樂　兼亦無悲傷

소 병 화 거 사　청 의 시 맹 광　부 처 로 상 대　각 좌 일 승 상
素屛畵居士　靑衣侍孟光　夫妻老相對　各坐一繩牀

【譯】

밝게 비치는 횃불 빛
분분한 납주(臘酒) 냄새
아이들은 웃으며 장난을 하고
제야(除夜)의 밤 길기도 하네.
사랑방 서장(書帳) 앞에
장유(長幼) 모두 나란히 앉았는데,
내가 가장 나이가 많아
차례로 와서 술잔을 올리네.
칠십의 생명이 점차 가까우니
세속의 모든 일 마음에 잊고
다만 기쁨과 즐거움 적어졌을 뿐만 아니라
역시 슬픔과 괴로움도 없어졌다네.

흰 병풍에는 낙천 거사를 그렸고
처는 하녀들의 부축 받고 있는데,
부부가 늙어서 서로 마주보며
각자 안락의자에 앉아 있네.

【註】

三年除夜(삼년제야)……개성(開成) 3년의 섣달그믐 밤.
晰晰(석석)……밝은 모양.
燎火(요화)……횃불.
氳氳(온온)……기가 성한 모양.
臘酒(납주)……섣달그믐의 축하주.
嗤嗤(치치)……웃는 모양.
迢迢(초초)……긴 모양.
書帳(서장)……좋은 글을 써 붙인 휘장 앞.
次弟(차제)……순서대로.
稱觴(칭상)……술잔을 올리다.
素屛(소병)……흰 병풍.
靑衣(청의)……하녀. 옛날 중국에서는 천한 사람이 청색 옷을 입고 있었다.
孟光(맹광)……후한(後漢) 양홍(梁鴻)의 처(妻). 여기서는 백락천의 처를 일컬음.
繩床(승상)……교상(交牀)과 같으며 안락의자 따위를 말함.

西原晩望(서원만망)

화국인한행 행상서원로 원상만무인 인고료사고
花菊引閒行 行上西原路 原上晩無人 因高聊四顧

남천유연화 북맥련허묘 촌린하소소 근자유백보
南阡有烟火 北陌連墟墓 村鄰何蕭疏 近者猶百步

오려재기하 적막풍일모 문외전고봉 이근복한토
吾廬在其下 寂寞風日暮 門外轉枯蓬 籬根伏寒兎

고원변수상 이란불감거 근세시이가 표연차촌주
故園汴水上 離亂不堪去 近歲始移家 飄然此村住

신옥오륙간 고괴팔구수 편시쇠병신 차생종로처
新屋五六間 古槐八九樹 便是衰病身 此生終老處

【譯】

국화꽃이 인도해서 한가롭게 걸어가다
서쪽 고원(高原) 길로 올라서니
고원엔 해 저물어 사람은 없으나,
높은 곳에서 사방 바라보니
남쪽 길가엔 밥 짓는 연기
북쪽 길은 묘지로 이어져 있네.
마을은 너무나 쓸쓸하고 집은 드문드문
가까워도 오히려 백 보는 족히 떨어졌는데,
우리 집은 그 밑에 있으니
바람 부는 일몰의 적막함이여!
문 밖에는 마른 쑥이 날리며
울타리 밑에는 토끼가 숨어 있고

고향은 변수(汴水) 가이지만
전란으로 갈 수도 없으니.
근래에 비로소 이사를 해서
그럭저럭 이 마을에서 살게 되었는데,
새로 지은 집은 오륙 칸
회나무 노목이 여덟아홉 그루.
아마도 쇠약하고 병든 몸
여기가 늙어서 생을 마치는 곳이리.

【註】

閒行(한행)……한가롭게 산책을 하다.
因高(인고)……고원(高原)에서.
南阡(남천)……남북으로 통하는 길을 천(阡)이라 함.
烟火(연화)……밥을 짓는 연기.
北陌(북맥)……북쪽 길.
墟墓(허묘)……황폐한 묘지.
風日暮(풍일모)……바람 부는 가운데 해가 지다.
寒兎(한토)……겨울의 토끼.
離亂(이란)……전란으로 떠나다.
近歲(근세)……요즈음. 가까이.
終老處(종로처)……노후를 보내는 곳.

念金鑾子(염금란자)

쇠병사십신	교치삼세녀	비남유승무	위정시일무
衰病四十身	嬌癡三歲女	非男猶勝無	慰情時一撫
일조사아거	혼영무처소	황념요화시	구아초학어
一朝捨我去	魂影無處所	況念夭化時	嘔啞初學語
시지골육애	내시우비취	유사미유전	이리견상고
始知骨肉愛	乃是憂悲聚	唯思未有前	以理遣傷苦
망회일이구	삼도이한서	금일일상심	인봉구유모
忘懷日已久	三度移寒暑	今日一傷心	因逢舊乳母

【譯】

쇠약하고 병든 사십 몸에
사랑스럽고 어린 세 살의 딸.
사내는 아니지만 오히려 더 좋아
위로하는 정으로 때때로 쓰다듬었는데,
하루아침에 나를 버리고 가 버리니
혼과 몸 있는 곳이 없어졌네.
거기에다 죽을 무렵 생각하니
겨우 말을 배울 때인데…….
비로소 골육(骨肉)의 정이란
슬픔이 모인 것이란 걸 알았네.
오직 태어나지 않았을 때만을 생각하고
억지로 괴로움 쫓아 버렸다네

잊은 지가 이미 오래 되어
세 번이나 해가 바뀌었는데도
오늘 또 마음 아프게 하는 것은
옛날 유모를 만났기 때문이라네.

【註】

金鑾子(금란자)……어려서 죽은 백락천의 딸.
四十身(사십신)……40세가 된 몸.
嬌癡(교치)……어리고 철이 없음.
非男猶勝無(비남유승무)……사내는 아니라도 오히려 더 사랑스럽고 좋다.
魂影(혼영)……정신과 육체.
處所(처소)……있는 곳.
夭化(요화)……요절(夭折).
嘔啞(구아)……어린이의 말.
忘懷(망회)……사물에 마음을 쓰지 않음.

重傷小女子(중상소녀자)

학인언어빙상행 눈사화방취사경 재지은애영삼세
學人言語憑牀行 嫩似花房脆似瓊 纔知恩愛迎三歲
미변동서과일생 여리하상응살례 오비상성거망정
未辯東西過一生 汝異下殤應殺禮 吾非上聖詎忘情
상심자탄구소졸 장타춘추양불성
傷心自歎鳩巢拙 長墮春雛養不成

【譯】

남의 말을 흉내 내다 침대 잡고 걷던
꽃송이같이 아름답고 옥같이 연약한
겨우 부모의 사랑을 아는 세 살이 되었으나,
동서도 분별 못한 채 일생을 마치니
너는 하상(下殤)도 아니어서 장례도 못 지내고
나는 성인(聖人)이 아니니 어찌 슬픔 잊을 수 있으리.
슬퍼 한탄하기를, 비둘기처럼 집 짓기 서툴러
봄 병아리 집에서 떨어뜨려 오래도록 기르지 못한 것과 같아.

【註】

重傷小女子(중상소녀자)……거듭 딸의 죽음을 슬퍼하며.
嫩(눈)……어리고 연약하다.
下殤(하상)……상(殤)은 성인이 되지 않고 일찍 죽는 것. 19~16세까지를 장상(長殤), 15~12세까지를 중상(長殤), 11~8세까지를 하상(下殤)이라 한다. 8세 이하는 무복(無服)의 상(殤)이라 하여 장례도 간단하다.
鳩巢拙(구소졸)……시경(詩經) 소남(召南)에 비둘기는 집을 짓는 것이 서툴러 까치집에 몰래 들어간다고 했다.

酬張十八訪宿見贈(수장십팔방숙견증)

석아위근신 군상희도문 금아관직랭 유군래왕빈
昔我爲近臣 君常稀到門 今我官職冷 惟君來往頻

아수견개성 입위완졸신 평생수과합 합즉무치린
我受狷介性 立爲頑拙身 平生雖寡合 合卽無緇磷

황군병고의 부귀시여운 오후삼상가 안랭불견군
況君秉高義 富貴視如雲 五侯三相家 眼冷不見君

문기소여유 독언한사인 기차즉급아 아괴비기륜
問其所與遊 獨言韓舍人 其次卽及我 我愧非其倫

호위류상애 세만유근근 낙연퇴첨하 일화야달신
胡爲謬相愛 歲晚逾勤勤 落然頹簷下 一話夜達晨

상단식미박 역불혐아빈 일고상마거 상고유준순
床單食味薄 亦不嫌我貧 日高上馬去 相顧猶逡巡

장안구무우 일적풍혼혼 연군장병안 위아범애진
長安久無雨 日赤風昏昏 憐君將病眼 爲我犯埃塵

원종연강리 내방곡강빈 소중군자도 부독괴상친
遠從延康里 來訪曲江濱 所重君子道 不獨愧相親

【譯】

옛날 내가 천자의 근친이었을 때
그대의 방문은 드물었지만
지금 내가 한직(閒職)에 있으니
그대만이 자주 와 주네.
나는 타고난 옹졸한 성품이라
처세도 잘 못하고 완고해서

평생 남들과 잘 어울리지 못하지만
한 번 만나면 속이지는 않네.

그런데 그대는 높고 바른 길을 가며
부귀를 마치 구름같이 보니,
공작(公爵)과 재상(宰相)들도
그대를 냉안시(冷眼視) 못하는데,
그대와 함께 사귀는 사람을 물으니
홀로 한사인(韓舍人)만이라 하며,
그 다음이 곧 나라 하니
내가 그런 자격이 있나 부끄러울 따름이네.

무슨 잘못으로 나를 사랑하는지
나이가 들수록 더욱 친해지는데,
허물어져 가는 초가집 아래서
밤새워 이야기하다 새벽이 되고
잠자리 불편하고 음식도 조잡하지만,
역시 나의 가난 싫어하지 않고
해가 높이 뜨자 말을 타고 돌아가며
뒤돌아보고 뒤돌아보며 가는구나.

장안(長安)에는 오래도록 비가 오지 않아
해는 내리쬐고 바람은 먼지를 일으켜,
가엾게도 그대 눈병에 걸렸는데도
나를 위해 먼지 속을 지나 여기까지 와 주네.

멀리 연강리(延康里)에서

곡강(曲江) 언덕까지 오니

군자의 도를 소중히 여기는 나

친하게 해 주어 고맙다는 것만으로는 인사가 아니네.

【註】

近臣(근신)……왕의 근신.

狷芥性(견개성)……지조를 굳게 지키며 남과 잘 타협하지 않는 성품.

頑拙(완졸)……완고하며 처세를 잘 못하는 것.

緇磷(치린)……검게 변해가다.

富貴視如雲(부귀시여운)……논어에 있는 말.

五侯(오후)……전한(典翰) 무제(武帝) 때 왕의 외척 가운데 세력을 부린 다섯 사람의 제후.

三相(삼상)……당대(唐代)에 중서령(中書令), 문하시중(門下侍中), 상서령(尙書令)의 삼 재상.

韓舍人(한사인)……한유(韓愈).

勤勤(근근)……공손하고 친절하게.

落然(낙연)……초라하다.

頹簷(퇴첨)……험한 초가.

逡巡(준순)……뒷걸음질치다.

風昏昏(풍혼혼)……바람이 먼지를 일으켜 날이 컴컴해짐.

延康里(연강리)……장안(長安) 서쪽에 있는 연강방(延康坊).

凶宅詩(흉택시)

장 안 다 대 댁　열 재 가 서 동　왕 왕 주 문 내　방 랑 상 대 공
長安多大宅　列在街西東　往往朱門內　房廊相對空

효 명 송 계 지　호 장 란 국 총　창 태 황 섭 지　일 모 다 선 풍
梟鳴松桂枝　狐藏蘭菊叢　蒼苔黃葉地　日暮多旋風

전 주 위 장 상　득 죄 찬 파 용　후 주 위 공 경　침 질 몰 기 중
前主爲將相　得罪竄巴庸　後主爲公卿　寢疾歿其中

연 연 사 오 주　앙 화 계 상 종　자 종 십 년 래　불 리 주 인 옹
連延四五主　殃禍繼相鍾　自從十年來　不利主人翁

풍 우 괴 첨 극　사 서 천 장 용　인 의 불 감 매　일 훼 토 목 공
風雨壞簷隙　蛇鼠穿牆墉　人疑不敢買　日毀土木功

차 차 속 인 심　심 의 기 우 몽　단 공 재 장 지　불 사 화 소 종
嗟嗟俗人心　甚矣其愚蒙　但恐災將至　不思禍所從

아 금 제 차 시　욕 오 미 자 흉　범 위 대 관 인　연 록 다 고 숭
我今題此詩　欲悟迷者胸　凡爲大官人　年祿多高崇

권 중 지 난 구　위 고 세 이 궁　교 자 물 지 영　노 자 수 지 종
權重持難久　位高勢易窮　驕者物之盈　老者數之終

사 자 여 구 도　일 야 래 상 공　가 사 거 길 토　숙 능 보 기 궁
四者如寇盜　日夜來相攻　假使居吉土　孰能保其躬

인 소 이 명 대　차 가 가 유 방　주 진 댁 효 함　기 댁 비 부 동
因小以明大　借家可諭邦　周秦宅崤函　其宅非不同

일 흥 팔 백 년　일 사 망 이 궁　기 어 가 여 국　인 흉 비 댁 흉
一興八百年　一死望夷宮　寄語家與國　人凶非宅凶

【譯】

장안(長安)에는 큰 저택이 많은데

줄지어 시가 서동(西東)에 있다네.
그 가운데 붉은 대문 안을 들어가면
방과 회랑 마주 보면서도 비어 있는 곳이 있네.
올빼미가 소나무와 계수나무 가지에서 울고
여우는 난초와 국화 떨기 속에 숨어 있으며,
푸른 이끼는 낙엽 쌓인 땅에 가득하고
해가 지면 돌개바람 불어오네.

전 주인은 대신인 장수였으나
죄를 지어 파용(巴庸) 땅으로 유배되었고,
뒤에 주인은 공작(公爵)이었으나
병에 걸려 이 집에서 죽었네.
연달아 사오 명의 주인에게
재앙이 계속 일어나니
그로부터 십여 년 이후
주인에게 모두 불리한 일만 생겼다네.

풍우(風雨)는 처마 끝을 망가트리고
뱀과 쥐는 담장에 구멍을 뚫으니
사람들은 의심하며 살려 하지도 않네.
날로 잘 지은 집도 허물어지니,
아아! 세상 사람들의 마음
심히 어리석기도 하군.
다만 장차 재앙이 다가올까 두려워하며
그 원인은 생각하려 하지도 않네.

나는 지금 이 시를 지어
미혹한 자의 가슴을 깨우치고자 하네.
무릇 대관(大官)이라는 사람들은
연봉(年俸)이 많은 자들.
권력은 무거우나 오래 유지하기 어렵고
지위가 높지만 세력이란 다되어 버리기 쉬운 것.
교만한 자에게는 사물이 넘쳐나고
늙은 자에게는 운수의 끝이 온다네.

권력 위(位) 녹 연령은 도적과 같아
밤낮으로 서로 공격해 오니,
가령 길하고 좋은 땅에 산다 해도
누구라도 능히 그 몸을 보전 못하네.

적은 것으로 큰일을 밝힐 수 있으니
이 집 일을 나라 일에 비유하면
주(周)와 진(秦)은 효관(崤關)과 함곡관(函谷關)에 있었으며
그 구도는 다르다고 할 수 없는데,
주(周)는 일어나 팔백 년 흥했고
진(秦)은 망이궁(望夷宮)에서 바로 망했으니.
그래서 말하기를 집과 국가는
거기 사는 사람이 흉물이지 집이 흉가는 아니라네.

【註】

凶宅(흉택)……불길한 집.
街(가)……대도(大道). 사통인 큰 도로.

朱門(주문)……붉은 칠을 한 귀족의 집들.
巴庸(파용)……파(巴)는 지금의 사천성(四川省)의 동부. 용(庸)은 호북성(湖北省)의 서쪽 죽산현(竹山縣)을 중심으로 하는 지방. 춘추시대 용국(庸國) 땅.
公卿(공경)……삼공(三公), 즉 태사(太師), 태부(太傅), 태보(太保)와 구경(九卿)을 말하며, 고위 고관을 뜻함.
寢疾(침질)……와병(臥病).
連延(연연)……연달아.
殃禍(앙화)……재앙(災殃). 불행.
鍾(종)……모이다. 취(聚)와 같음.
簷隙(첨극)……처마 끝에 틈 사이.
牆墉(장용)……담장.
毁土木功(훼토목공)……잘 지은 건축물이 허물어져 간다.
愚蒙(우몽)……어리석음.
盈(영)……넘쳐나다.
數(수)……정수(定數). 하늘이 정한 운명의 정수(定數).
四者(사자)……연(年), 록(綠), 권(權), 위(位).
吉土(길토)……명당 터.
崤函(효함)……효산(崤山)은 함곡관(函谷關) 동단에 있는 산. 함곡(函谷)과 같음.
望夷宮(망이궁)……진(秦)의 궁전 이름. 환관(宦官)인 조고(趙高)가 진의 2대 황제를 죽인 곳.

再到襄陽訪問舊居(재도양양방문구거)

석도양양일 염염초유자 금과양양일 자빈반성사
昔到襄陽日 髥髥初有髭 今過襄陽日 髭鬢半成絲

구유도사몽 사도홀여귀 동곽봉호댁 황량금속수
舊遊都似夢 乍到忽如歸 東郭蓬蒿宅 荒涼今屬誰

고지다령락 여정역천이 독유추강수 연파사구시
故知多零落 閭井亦遷移 獨有秋江水 烟波似舊時

【譯】

옛날 양양(襄陽)에 도착했던 날
겨우 입가에 수염이 났을 땐데,
지금 양양을 지나는 이 날엔
수염과 살쩍 모두 반백이 되었네.
옛 놀던 일들은 모두 꿈만 같고
잠깐 만에 다시 돌아온 듯하지만
동쪽 성곽 밖의 조잡한 초가집은
황폐하여 지금은 누구의 소유인가?

옛날 친구들 많이 죽어 버렸고
마을의 옛 모습 역시 많이 변했는데,
오직 가을 강물만이
옛날같이 아련한 수면을 지니고 있네.

【註】

再到襄陽(재도양양)……양양(襄陽)은 한수(漢水) 중류에 있는 호북성(湖北省)의 도시. 백락천의 아버지는 이 도시에서 숨을 거두었는데, 그 무렵 백락천은 이곳을 다시 찾아왔다.

髯髯(염염)……수염이 나는 모양.

髭鬢(자빈)……입가에 나는 수염과 귀밑에 나는 수염.

成絲(성사)……희게 된다.

東郭(동곽)……도성의 동쪽 교외.

蓬蒿宅(봉호댁)……쑥으로 지붕을 이은 조잡한 집.

荒涼(황량)……황폐(荒廢).

閭井(여정)……마을. 향리(鄕里).

烟波(연파)……강과 바다의 아련한 수면.

寄微之(기미지) 一

강주망통주	천애여지말	유산만장고	유강천리활
江州望通州	天涯與地末	有山萬丈高	有江千里濶
간지이운무	비조불가월	수지천고험	위아이인설
間之以雲霧	飛鳥不可越	誰知千古險	爲我二人設
통주군초도	울울수여결	강주아방거	초초행미헐
通州君初到	鬱鬱愁如結	江州我方去	迢迢行未歇
도로일괴격	음신일단절	인풍욕기어	지원성불철
道路日乖隔	音信日斷絕	因風欲寄語	地遠聲不徹
생당부상봉	사당종차별		
生當復相逢	死當從此別		

【譯】

강주(江州)에서 통주(通州)를 바라보니
하늘 끝 땅 끝 같이 떨어져 있는데,
만장(萬丈)이나 되는 산이 가로놓여 있고
천 리나 되는 넓은 강이 끼어 있어,
그 사이에 구름과 안개 자욱하여
나는 새도 넘어갈 수가 없네.
누가 알리, 이 천고의 험소(險所)
우리 둘을 위해 만들어진 걸까?
통주(通州)에 그대 처음 왔을 때
매우 우울한 듯하였는데,
강주(江州)로 내가 가는 바로 지금
길은 멀어 가도가도 끝이 없네.

길은 날마다 사이가 멀어만 지고
소식도 날마다 끊어지고 마니
바람에게 말을 전하려 해도
멀리 떨어진 땅까지 소리가 가지 않아,
살아 있으면 다시 만날 수 있을 거고
죽으면 이것이 이별이 될 것이네.

【註】

寄微之(기미지)……양양(襄陽)을 지나며 원진(元稹)에게 보내는 시.
通州(통주)……지금의 사천성(四川省) 성달현(省達縣).
千古(천고)……아주 먼 옛날.
鬱鬱(울울)……시름에 찬 모양.
迢迢(초초)……멀리 떨어져 있는 모양.
乖隔(괴격)……거리가 멀어지다.
音信(음신)……소식(消息).

寄微之(기미지) 二

군 유 양 양 일	아 차 장 안 주	금 군 재 통 주	아 과 양 양 거
君遊襄陽日	我此長安住	今君在通州	我過襄陽去
양 양 구 리 곽	누 치 련 운 수	고 차 초 의 의	시 군 구 유 처
襄陽九里郭	樓雉連雲樹	顧此稍依依	是君舊遊處
창 망 겸 가 수	중 유 심 양 로	차 거 갱 상 사	강 서 소 친 고
蒼茫蒹葭水	中有潯陽路	此去更相思	江西少親故

【譯】

그대가 양양(襄陽)에 있던 날
나는 장안에 있었는데
지금 그대는 통주(通州)에 있고
나는 양양(襄陽)을 지나가네.
양양은 주위가 9리인 고을로
누각과 성곽은 구름에 닿을 나무와 이어져 있는데,
여기를 뒤돌아보며 그리워지는 것은
그대가 옛날 있었던 곳이기 때문이네.

갈대 우거진 강은 푸르고도 넓고
그 속에 심양(潯陽)으로 가는 길이 있는데,
여기를 떠나면 더욱 그대 그리워질 것은
강서(江西) 지방에는 아는 이 없으니까.

【註】

九里郭(구리곽)……주위가 9리나 되는 성곽으로 둘러싸인 도시.

樓雉(누치)……누각과 성곽.
依依(의의)……그리워지는 모양.
蒼茫(창망)……넓고 푸른 모양.
蒹葭(겸가)……갈대.

江樓宴別(강루연별)

누중별곡최리작 등하홍군간록포 표묘초풍라기박
樓中別曲催離酌 燈下紅裙間綠袍 縹緲楚風羅綺薄

쟁총월조관현고 한류대월징여경 석취화상리사도
錚鏦越調管絃高 寒流帶月澄如鏡 夕吹和霜利似刀

존주미공환미진 무요가수막사로
尊酒未空歡未盡 舞腰歌袖莫辭勞

【譯】

누각 속엔 이별의 곡이 작별의 술잔을 재촉하고
등불 아래엔 여인의 붉은 옷과 관리의 푸른 옷 얽히는데,
살랑 초(楚)나라 바람 엷은 비단옷에 불어오고
맑은 월(越)나라 가락 현악과 더불어 높이 울리네.
차가운 강물은 달빛을 받아 거울같이 맑은데,
밤 바람은 서리를 머금고 칼날같이 예리하고
술통의 술 다 마시지 못하고 흥도 아직 남았으니
무희와 노래하는 여인 수고롭지만 그치지 말아 주게.

【註】

催離酌(최리작)……이별의 술잔을 권하다.
紅裙(홍군)……붉은 치마.
綠袍(녹포)……푸른 상의. 당대(唐代)에 육위(六位)의 관리는 심록(深綠), 칠위(七位)는 연록(軟綠)의 옷을 입었다.
縹緲(표묘)……가볍게 올라가는 모양.
越調(월조)……당악(唐樂)의 상음(商音). 칠조(七調) 가운데 하나.
夕吹(석취)……석풍(夕風).

大林寺桃花(대림사도화)

인간사월방비진　산사도화시성개
人間四月芳菲盡　山寺桃花始盛開
장한춘귀무멱처　부지전입차중래
長恨春歸無覓處　不知轉入此中來

【譯】

세간에선 사월이면 꽃은 다 졌는데

산사(山寺)의 복사꽃은 지금이 한창이네.

봄이 지나가 다시 찾을 길 없어 한스러웠는데

여기에 와 있는 줄 미처 몰랐네.

【註】

大林寺(대림사)……여산(廬山) 향로봉(香爐峯)에 있는 절.
人間(인간)……세간.
芳菲(방비)……꽃이나 풀의 향기.
覓(멱)……찾아다니다.

香爐峯下新下卜山居草堂初成偶題東壁 (향로봉하신하복산거초당초성우제동벽) 一

오가삼간신초당 석계계주죽편장 남첨납일동천난
五架三間新草堂 石階桂柱竹編牆 南簷納日冬天暖

북호영풍하월량 쇄체비천재유점 불창사죽불성행
北户迎風夏月涼 灑砌飛泉纔有點 拂窗斜竹不成行

내춘갱즙동상옥 지각로렴저맹광
來春更葺東廂屋 紙閣蘆簾著孟光

【譯】

다섯 간 삼 실(室)의 새로운 초가
돌 계단, 계수나무 기둥, 대나무 담장
남쪽 처마에는 해가 들어 겨울에도 따뜻하고
북쪽 창으로는 바람 들어와 여름에는 시원하네.
계단 아래 섬돌에는 비천(飛泉)의 물방울 튀고
창가의 사죽(斜竹)은 일부러 어지러이 심었는데,
봄이 오면 동쪽 행랑채를 증축해서
종이 바른 창에 갈대발 치고 맹광(孟光)님 맞으리라.

【註】

五架(오가)……다섯 간(間). 기둥과 기둥 사이를 한 간(間) 또는 가(架)라 함.
三間(삼간)……삼실(三室).
石階(석계)……돌 계단.
砌(체)……섬돌.
不成行(불성행)……줄이 똑바로 되어 있지 아니하다.

東廂(동상)……정침(正寢).
孟光(맹광)……후한 양홍(梁鴻)의 처. 비추(肥醜)하고 살갗이 검다 함.

香爐峯下新下卜山居草堂初成偶題東壁 (향로봉하신하복산거초당초성우제동벽) 二

장송수하소계두 반록태건백포구 약포다원위산업
長松樹下小谿頭 斑鹿胎巾白布裘 藥圃茶園爲產業

야미림학시교유 운생간호의상윤 남은산주화촉유
野麋林鶴是交遊 雲生澗户衣裳潤 嵐隱山廚火燭幽

최애일천신인득 청령굴곡요계류
最愛一泉新引得 清泠屈曲遶階流

【譯】

높은 소나무 밑 작은 개울가에서
나는 반록태(斑鹿胎) 두건에 흰 갈포 옷을 입고
약초밭과 차(茶)밭을 일구어 가며
들의 노루와 숲의 학을 벗삼아 사는데,
계곡에서 일어나는 구름 내 옷을 적시고
산바람이 주방에 불어 닥쳐 촛불도 어둡지만,
내가 가장 사랑하는 것은 샘물을 하나 끌어와
맑고 시원하게 계단 아래를 감돌아 흐르는 것.

【註】

斑鹿胎巾(반록태건)……반점이 있는 노루 가죽으로 만든 두건.
野麋(야미)……야생 사슴의 일종.
交遊(교유)……붕우(朋友).
山廚(산주)……산속에 있는 집의 주방.

香爐峯下新下卜山居草堂初成偶題東壁 (향로봉하신하복산거초당초성우제동벽) 三

일고수족유용기 소각중금불파한 유애사종의침청
日高睡足猶慵起 小閣重衾不怕寒 遺愛寺鍾欹枕聽

향로봉설발렴간 광려편시도명지 사마잉위송로관
香爐峯雪撥簾看 匡廬便是逃名地 司馬仍爲送老官

심태신녕시귀처 고향하독재장안
心泰身寧是歸處 故鄕何獨在長安

【譯】

해가 높이 뜨도록 충분히 잤는데도 오히려 일어나기 싫고
작은 방에 이불을 여러 채 덮어 춥지도 않아.
유애사(遺愛寺)의 종소리 침상에 누워서 듣고
향로봉(香爐峯)의 눈 주렴발 걷으면 보여.
여산(廬山)은 본시 세속의 평판 멀리하는 땅
사마(司馬)의 직분도 은거(隱居)에 적합한 것.
마음 편하고 몸 안전하면 거기가 안주의 땅
고행은 하필 장안(長安)만은 아니라네.

【註】

遺愛寺(유애사)……백락천의 초당기(草堂記)에 향로봉 북쪽에 있다 함.

匡廬(광려)……여산(廬山). 광산(匡山)이라고도 함. 주(周)나라 때 광선(匡仙)이 여기에 초막을 짓고 살았다 하여 광산이라 함.

逃名地(도명지)……헛된 명리를 얻지 아니하고 살 수 있는 땅.

送老官(송로관)……은거(隱居)의 직책(職責).

歸處(귀처)……휴식하는 장소. 노후를 보내는 마지막 장소.

中秋月(중추월)

만리청광불가사 첨수익한요천애 수인롱외구정수
萬里清光不可思 添愁益恨遶天涯 誰人隴外久征戍

하처정전신별리 실총고희귀원야 몰번로장상루시
何處庭前新別離 失寵故姬歸院夜 沒蕃老將上樓時

조타기허인장단 옥토은섬원부지
照他幾許人腸斷 玉兎銀蟾遠不知

【譯】

만 리를 비추는 맑은 달빛에는 그런 생각 없으나
시름과 한을 더해 하늘 끝까지 감돌게 하네.
오래도록 농산(隴山) 저쪽으로 정벌하러 간 사람,
마당 앞에 나와 지금 새로 이별하는 어떤 곳의 사람,
총애를 잃고 쓸쓸히 제 방으로 돌아가는 미인,
오랑캐 포로가 된 노장이 고향 생각하며 누각에 오를 때
달은 이들 많은 정경 비추며 단장의 슬픔 자아내지만
달 속의 옥토기와 두꺼비는 멀어서 알 수가 없겠지.

【註】

中秋月(중추월)……8월 15일 만월의 밤.
隴外(농외)……농산(隴山) 저쪽. 농산은 지금의 합서성(陜西省)과 감숙성(甘肅省)의 경계를 이루는 동서로 길게 뻗은 산맥.
征戍(정수)……군인이 되어 변경을 지키다.
故姬(고희)……오래도록 거느린 첩.
沒蕃(몰번)……번인(蕃人)에게 잡힌 신세. / 照他(조타)……비추다.
幾許(기허)……기하(幾何)와 같음. 얼마간. 약간(若干)과 같음.
玉兎銀蟾(옥토은섬)……달.

李白墓(이백묘)

채석강변리백분 요전무한초련운 가련황롱궁천골
采石江邊李白墳 繞田無限草連雲 可憐荒壟窮泉骨
증유경천동지문 단시시인다박명 취중륜락불과군
曾有驚天動地文 但是詩人多薄命 就中淪落不過君

【譯】

채석(采石) 강변에 있는 이태백의 분묘,
묘 주변 밭에는 풀이 우거져 구름까지 닿은 듯.
불쌍하게도 이 거친 언덕 밑 황천에 잠든 뼈,
한때는 하늘을 놀라게 하고 땅을 뒤흔들었던 문장.
시인이란 대부분 불행한 사람들이 많은 법이지만
그 가운데서도 그대같이 불운한 사람은 없었다네.

【註】

李白墓(이백묘)……이백(李白)은 당(唐)의 대종(代宗) 보응(寶應) 원년(726년)에 당도(當塗)에서 죽었는데, 그 묘는 동남 용산(龍山)으로 보내졌고, 원화(元和) 12년(817년)에는 서쪽 청산(靑山) 남쪽으로 이장되었다.

采石(채석)……당도현(當塗縣) 서북 우저산(牛渚山) 장강(長江)에 돌출한 곳을 채석기(采石磯)라고 함.

荒壟(황롱)……황폐한 분묘.

驚天動地(경천동지)…… 천지를 진동하다.

薄命(박명)……불운. 불행.

淪落(윤락)……영락(零落).

哭師皐(곡사고)

남강단조인혼회 낙양람여송장래 북망원변초수반
南康丹旐引魂回 洛陽籃輿送葬來 北邙原邊草樹畔

월고연수야과반 처노형제호일성 십이인장일시단
月苦烟愁夜過半 妻孥兄弟號一聲 十二人腸一時斷

왕자하인송자수 낙천곡별사고시 평생분의향인진
往者何人送者誰 樂天哭別師皐時 平生分義向人盡

금일애원유아지 아지하익도수루 남여회간마회비
今日哀寃唯我知 我知何益徒垂淚 籃輿廻竿馬廻轡

하일중문소시가 수가수득비파기 소소풍수백양영
何日重聞掃市歌 誰家收得琵琶妓 蕭蕭風樹白楊影

창창로초청호기 갱취분변곡일성 여군차별종천지
蒼蒼露草青蒿氣 更就墳邊哭一聲 與君此別終天地

【譯】

건주(虔州)에서 조기 앞세우고 영혼 돌아와
낙양에서 상여와 가마로 장례를 치렀네.
북망산 들판에 수목과 풀 우거진 곳
달도 슬프고 안개 낀 속에 밤도 깊어 가나
처자와 형제 소리 높이 곡을 하니
열두 사람의 간장 단번에 끊어질 듯.
간 사람은 누구이고 보내는 이 그 누군가?
백락천이 곡을 하며 사고(師皐)와 이별할 때
그와 맺은 평생에 연분 이로써 다 되고
오늘의 슬픔일랑 나만이 아는 것.

내가 안들 무슨 소용 있나, 오직 눈물 흘릴 뿐.

요여(腰輿) 되돌아오고 말도 고삐를 돌리는데,
어느 날에 다시 그의 소시가(掃市歌)를 들을 수 있으리.
비파 잘 타는 저 기생은 누구네 집으로 갈 것인가?
쓸쓸한 바람은 백양나무 그늘에 불고
푸른 풀에 내린 이슬 쑥도 향기로운데,
다시 분묘 가에 가서 통곡을 하니
그대와 더불어 이것이 영원한 이별.

【註】

哭師皐(곡사고)……백락천 처의 종형의 죽음을 애도하는 조시.
南康(남강)……건주(虔州). 지금의 강서성(江西省) 부근에 있었던 고을.
丹旐(단조)……장례에 사용하는 붉은 깃발.
籃輿(남여)……대나무로 만든 가마.
月苦(월고)……달이 싸늘하게 밝음.
妻孥(처노)……처자(妻子).
掃市歌(소시가)……사고(師皐)가 취하면 잘 부르던 노래의 제목.
琵琶妓(비파기)……비파를 잘 타는 기생.
蕭蕭(소소)……바람이 쓸쓸하게 부는 모양.

元相公挽歌詞(원상공만가사) 一

명 정 관 중 위 의 성　기 취 성 번 로 부 장
銘旌官重威儀盛　騎吹聲繁鹵簿長
후 위 제 손 당 재 상　육 년 칠 월 장 함 양
後魏帝孫唐宰相　六年七月葬咸陽

【譯】

명정(銘旌)에 적힌 관직이 무거워 장례 위엄도 성대하네.
말 위에서 부는 음악도 요란하고 행렬도 길어
후위(後魏) 천자의 자손이며 당(唐)의 재상(宰相)인 그대
태화(太和) 6년 7월 함양(咸陽)에 매장되었네.

【註】

元相公(원상공)……원진(元稹).
銘旌(명정)……장례 때 관 옆에 세우는 기.
騎吹(기취)……마상에서 연주함.
鹵簿(노부)……왕공(王公) 대신(大臣)의 행렬.

元相公挽歌詞(원상공만가사) 二

묘 문 이 폐 가 소 거　유 유 부 인 곡 불 휴
墓門已閉笳簫去　唯有夫人哭不休
창 창 로 초 함 양 롱　차 시 천 추 제 일 추
蒼蒼露草咸陽壟　此是千秋第一秋

【譯】

묘의 문 닫히고 악대들도 이미 가고
오직 부인만이 쉬지 않고 곡을 하는데,
함양(咸陽) 묘 위 푸른 풀에 이슬이 내려
이것이 천추에 못 잊을 최초의 가을.

【註】

笳簫(가소)……악기의 이름.
千秋(천추)……천 년.

元相公挽歌詞(원상공만가사) 三

송 장 만 인 개 참 담　반 우 사 마 역 비 명
送葬萬人皆慘澹　反虞駟馬亦悲鳴
금 서 검 패 수 수 습　삼 세 유 고 신 학 행
琴書劍珮誰收拾　三歲遺孤新學行

【譯】

장례에 참가한 사람 모두 슬퍼하고
말도 역시 슬피 우는데,
고인의 금서(琴書)와 검과 옥 누가 거두리.
세 살 된 고아는 겨우 걸음마할 뿐인데.

【註】

慘澹(참담)……슬퍼하는 모양.
反虞(반우)……반우제(返虞祭). 장례를 마치고 집으로 돌아와서 지내는 제사.
收拾(수습)……흩어진 것을 주워 모으다. 정리하다.

長相思(장상사)

구월서풍흥 월랭로화응 사군추야장 일야혼구승
九月西風興 月冷露華凝 思君秋夜長 一夜魂九升

이월동풍래 초탁화심개 사군춘일지 일야장구회
二月東風來 草析花心開 思君春日遲 一夜腸九回

첩주락교북 군주락교남 십오즉상식 금년이십삼
妾住洛橋北 君住洛橋南 十五卽相識 今年二十三

유여녀라초 생재송지측 만단지고고 영회상부득
有如女蘿草 生在松之側 蔓短枝苦高 縈回上不得

인언인유원 원지천필성 원작원방수 보보비견행
人言人有願 願至天必成 願作遠方獸 步步比肩行

원작심산목 지지련리생
願作深山木 枝枝連理生

【譯】

구월에 서풍 불어오니
달빛은 차고 서리는 희게 내리는데,
그대 생각으로 가을밤은 길기도 하여
하룻밤 새 혼이 아홉 번이나 날아가.
이월에 동풍 불어오니
풀은 싹을 틔우고 꽃은 피는데,
그대 생각으로 봄날은 더디 가고
하룻밤에 간장 아홉 번이나 뒤집혀.

첩은 낙교(洛橋) 북쪽에 살았으며

그대는 낙교 남쪽에 살았는데,
열다섯 살 때 서로 알게 되어
금년에 스물세 살.
마치 담쟁이덩굴같이
소나무에 기대어 사는 것과 같은데,
줄기가 짧고 가지는 높아 오르기 힘들어
아무리 타고 오르려 해도 되지를 않네.

사람들이 말하기를 사람에겐 원이 있고
원을 하면 하늘이 반드시 돕는다 하는데,
바라기는 먼 곳의 비견수(比肩獸)가 되어
항상 어깨를 나란히 하고 걸을 수 있다면.
또한 원하기를 깊은 산에 나무되어
가지마다 이어져 서로 닿을 수 있다면.

【註】

九升(구승)……아홉 번이나 올라가다.
洛橋(낙교)……낙양의 다리.
女蘿草(여라초)……담쟁이덩굴.
縈廻(영회)……달라붙어 감고 올라가다.
遠方獸(원방수)……비견수(比肩獸). 이아(爾雅) 석지(釋地)에 나오는 짐승으로, 두 마리 가운데 한 마리는 뛸 수 없으면서도 감초(甘草)를 캘 수 있고, 다른 한 마리는 감초는 못 캐도 잘 달릴 수가 있어서 늘 같이 붙어 다닌다고 함.
深山木(심산목)……연리수(連理樹).

九日登巴臺(구일등파대)

서 향 주 초 숙	국 난 화 미 개	한 청 죽 지 곡	천 작 수 유 배
黍香酒初熟	菊暖花未開	閒聽竹枝曲	淺酌茱萸杯
거 년 중 양 일	표 박 분 성 외	금 세 중 양 일	소 조 파 자 대
去年重陽日	漂泊湓城隈	今歲重陽日	蕭條巴子臺
여 빈 심 이 백	향 서 구 불 래	임 상 일 소 수	좌 객 역 배 회
旅鬢尋已白	鄉書久不來	臨觴一搔首	座客亦徘徊

【譯】

향기로운 기장 술 비로소 익었고
국화는 따뜻해서 아직 피지 않았는데,
간간이 들려오는 지방의 민요 들으며
산수유 술 조금 따라 마시네.
작년 중양절(重陽節)에는
강주(江州) 성 모퉁이를 방황하였고
금년 중양절(重陽節)에는
쓸쓸히 파자대(巴子臺)에 올랐네.
나그네에게는 이미 백발이 찾아들어도
고향에서는 소식도 없어
술잔 들고 머리 긁적이니
자리의 사람들도 역시 서성이네.

【註】

竹枝曲(죽지곡)……지금의 사천성(四川省) 중경시(重慶市) 부근에서 발생한 민요.

茱萸(수유)……산수유로 빚은 술.
湓城(분성)……강주(江州).
蕭條(소조)……외롭고 쓸쓸함.
搔首(소수)……머리를 긁다. 근심이 있을 때 하는 표정.

東坡種花(동파종화)

지 전 매 화 수	성 동 파 상 재	단 구 유 화 자	불 한 도 행 매
持錢買花樹	城東坡上栽	但購有花者	不限桃杏梅
백 과 삼 잡 종	천 지 차 제 개	천 시 유 조 만	지 력 무 고 저
百果參雜種	千枝次第開	天時有早晚	地力無高低
홍 자 하 염 염	백 자 설 애 애	유 봉 축 불 거	호 조 역 래 서
紅者霞豔豔	白者雪皚皚	遊蜂逐不去	好鳥亦棲來
전 유 장 류 수	하 유 소 평 대	시 불 대 상 석	일 거 풍 전 배
前有長流水	下有小平臺	時拂臺上石	一擧風前盃
화 지 음 아 두	화 예 락 아 회	독 작 부 독 영	불 각 일 평 서
花枝蔭我頭	花蕊落我懷	獨酌復獨詠	不覺日平西
파 속 불 애 화	경 춘 무 인 래	유 차 취 태 수	진 일 불 능 회
巴俗不愛花	竟春無人來	唯此醉太守	盡日不能回

【譯】

돈을 갖고 꽃나무를 사
성 동쪽 언덕 위에 심는데,
다만 꽃이 있는 것을 살 뿐.
복숭아 살구 매실만이 아니고
여러 가지 과목 섞어서 심으니
많은 가지에 계속 꽃이 피는데,
개화기가 빠르고 늦은 탓이지
지력(地力)이 좋고 나빠서가 아니네.
붉은 꽃은 아름다운 노을 같고
흰 것은 새하얀 눈과 같아,

날아오는 벌들 좇아도 가지 않고
예쁜 새들 또한 와서 깃드네.

앞에는 장강(長江)이 흐르고
아래로는 작은 누대가 있어
때때로 누대 돌 위를 쓸어 버리고,
춘풍 앞에 술잔을 높이 드니
꽃가지 그늘이 머리 위를 덮고
꽃잎은 내 품속에 떨어지네.

홀로 마시며 또한 홀로 노래하는데
어언 해가 지는 것도 알지 못하고,
여기 삼파(三巴)의 풍속은 꽃을 좋아하지 않아
봄이 다 가도록 꽃 구경 오는 사람 없어.
오직 취한 태수(太守)만이
하루종일 돌아갈 줄 모를 따름이라네.

【註】

百果(백과)……온갖 과실.
參雜(삼잡)……섞다.
豔豔(염염)……아름답다.
皚皚(애애)……눈과 서리같이 희다.
巴俗(파속)……삼파(三巴) 지방의 풍속.
竟春(경춘)……봄 내내.

竹窗(죽창)

상애망천사 죽창동북랑 일별십여재 견죽미증망
嘗愛輞川寺 竹窗東北廊 一別十餘載 見竹未曾忘

금춘이월초 복거재신창 미가작구고 차선영일당
今春二月初 卜居在新昌 未暇作廐庫 且先營一堂

개창불호지 종죽불의행 의취북첨하 창여죽상당
開窗不糊紙 種竹不依行 意取北簷下 窗與竹相當

요옥성석석 핍인색창창 연통묘애기 월투령롱광
遶屋聲淅淅 逼人色蒼蒼 烟通杳靄氣 月透玲瓏光

시시삼복천 천기열여탕 독차죽창하 조회해의상
是時三伏天 天氣熱如湯 獨此竹窗下 朝回解衣裳

경사일폭건 소점륙척상 무객진일정 유풍종야량
輕紗一幅巾 小簟六尺牀 無客盡日靜 有風終夜涼

내지전고인 언사파암상 청풍북창와 가이오희황
乃知前古人 言事頗諳詳 清風北窗臥 可以傲羲皇

【譯】

망천사(輞川寺)의 대나무 보기 좋으며
동북 낭하 밖의 죽창(竹窓) 사랑했는데,
한 번 헤어진 지 십 년이 지나도록
그때 본 대나무 잊을 수가 없네.
금년 봄 이월 초
신창(新昌) 마을에 집을 짓는데,
아직 곳간과 마구간을 지을 겨를이 없어
우선 한 채만을 지었다네.

창문을 만들었으나 종이를 바르지 않고
대나무를 심는 데 줄을 맞추지 않았으며,
북쪽 처마 아래 계획을 세워
창과 대나무가 서로 마주 보게 했네.

집 둘레에는 바람소리 삭삭 나고
푸른색은 사람에게 다가오는데,
연기 같은 깊은 아지랑이와
맑고 영롱한 달빛도 들어오는데,
때는 마침 삼복의 계절
공기는 뜨거워 마치 열탕과 같네.

홀로 이 대나무 창 아래서
조정에서 돌아와 옷을 벗고
가벼운 두건을 쓰고
짧은 육척의 대나무 돗자리에 누우니,
찾아오는 사람 없어 종일 조용해도
바람이 불어 밤새도록 시원하네.
이에 안 것은 앞의 옛 사람들은
말은 이치에 닿고 하는 일은 안정되다는 것.
맑은 바람 부는 북쪽 창가에 누우면
가히 복희씨보다 더 낫다 고하며.

【註】

輞川寺(망천사)……장안 동남 남전현(藍田縣)을 흐르는 강이 망천이며,

왕유의 별장도 그 가변에 있었다. 이 절은 지금의 청원사(淸源寺)이다.

新昌(신창)……장안(長安)의 동명.

淅淅(석석)……바람이 부는 소리.

杳靄(묘애)……어슴푸레한 안개.

三伏(삼복)……하지 뒤 제3 경일(庚日)을 초복, 제4 경일을 중복, 입추 뒤 처음 경일을 말복이라 하는데, 모두를 합쳐서 삼복이라 하며, 일년 중 가장 더운 때이다.

一幅巾(일폭건)……한 폭의 천으로 만든 두건.

小簟(소점)……작은 대나무 돗자리.

盡日(진일)……종일.

諳詳(암상)……말은 이치에 닿고, 하는 일은 안정되고 편안함.

羲皇(희황)……복희씨(伏羲氏).

達哉樂天行(달재락천행)

달 재 달 재 백 락 천　분 사 동 도 십 삼 년　칠 순 재 만 관 이 괘
達哉達哉白樂天　分司東都十三年　七旬纔滿冠已挂

반 록 미 급 거 선 현　혹 반 유 객 춘 행 락　혹 수 산 승 야 좌 선
半祿未及車先懸　或伴遊客春行樂　或隨山僧夜坐禪

이 년 망 각 문 가 사　문 정 다 초 주 소 연　포 동 조 고 염 미 진
二年忘却問家事　門庭多草廚少烟　庖童朝告鹽米盡

시 비 모 소 의 상 천　처 노 불 열 생 질 민　이 아 취 와 방 도 연
侍婢暮訴衣裳穿　妻孥不悅甥姪悶　而我醉臥方陶然

기 래 여 이 화 생 계　박 산 처 치 유 후 선　선 매 남 방 십 무 원
起來與爾畫生計　薄產處置有後先　先賣南坊十畝園

차 매 동 곽 오 경 전　연 후 겸 매 소 거 댁　방 불 획 민 이 삼 천
次賣東郭五頃田　然後兼賣所居宅　髣髴獲緡二三千

반 여 이 충 의 식 비　반 여 오 공 주 육 전　오 금 이 년 칠 십 일
半與爾充衣食費　半與吾供酒肉錢　吾今已年七十一

안 혼 수 백 두 풍 현　단 공 차 전 용 부 진　즉 선 조 로 귀 야 천
眼昏鬚白頭風眩　但恐此錢用不盡　卽先朝露歸夜泉

미 귀 차 주 역 불 악　기 손 락 음 안 온 면　사 생 무 가 무 불 가
未歸且住亦不惡　飢飡樂飲安穩眠　死生無可無不可

달 재 달 재 백 락 천
達哉達哉白樂天

【譯】

진실에 도달한 백락천(白樂天)

동도(東都) 낙양(洛陽)에 파견된 지 13년.

칠순이 되자마자 벼슬을 사직하고
봉록이 반감되기 전에 벼슬을 은퇴했네.
그 뒤 놀이꾼과 함께 봄에는 행락하고
혹은 산승(山僧) 따라 밤에 좌선도 하며,
가사(家事)도 이 년이나 잊어버리니
뜰에는 잡초 무성하고 부엌에는 불기도 없어.

머슴아이 아침에는 쌀과 소금 떨어졌다 하고
저녁에는 계집종이 옷에 구멍 났다 말하는데,
처자도 좋아하지 않고 조카들도 근심하나
나는 취한 채로 기분 좋게 누웠노라.

이윽고 일어나 그들과 생활 대책 의논하니
얼마 되지 않는 재산이나 선후를 가려 처분하노라.
먼저 남쪽의 열 무(畝)의 밭을 팔고
다음에 동곽(東郭) 오경(五頃)의 밭을 팔고,
그런 다음 지금 살고 있는 집을 팔면
아마도 이삼천 금의 돈이 들어올 것이니,
절반은 너희들의 의식비로 충당하고
반은 나의 술과 안주 값으로 쓰리라.

나는 이미 칠십일세.
눈 어둡고 수염 희고 정신 흐리니,
다만 걱정은 이 돈 다 쓰기도 전에
아침 이슬보다 더 빨리 죽는 것이 아닐까 하는 근심.

죽지 않고 좀더 사는 것도 나쁜 것은 아니니
배고프면 먹고 즐거우면 마시며 편안히 잠자기 때문이네.
그래서 죽으나 사나 별로 좋을 것도 나쁠 것도 없노라!
진리에 달통하였구나, 백락천! 도통했구나, 백락천!

【註】

達哉樂天行(달재락천행)……71세로 사직하고 지은 작품.
達哉(달재)……도리에 통했다고 스스로 자랑하는 말.
分司(분사)……파견 근무.
冠已挂(관이괘)……사직(辭職).
半祿(반록)……당대(唐代)에 치사(致仕) 뒤에 원래 봉급의 반을 지급하는 제도.
車先懸(거선현)……사직한다는 뜻.
妻孥(처노)……처자(妻子).
南坊(남방)……마을 남쪽.
髣髴(방불)……비슷하다.
風眩(풍현)……어지럽고 현기증이 남.
夜泉(야천)……황천(黃泉).

백락천(白樂天) 시선집(詩選集)

1판 1쇄 • 2004. 7. 20.

편역자 • 권영한
펴낸이 • 김철영
펴낸곳 • 전원문화사
✉ 157-033 서울시 강서구 등촌3동 684-1
에이스 테크노타워 203호
☎ 6735-2100~2 / Fax 6735-2103
등록 • 1977. 5. 23. 제 6-23호

정가 • 10,000원

잘못 만들어진 책은 바꾸어 드립니다.
ISBN • 89-333-0541-6 03820